edition lex liszt 12

Zweite Auflage 2013

Raingasse 9b, A–7400 Oberwart, Austria
Tel +43(0)3352/33940, Fax +43(0)3352/34685
e-mail: info@lexliszt12.at, http://www.lexliszt12.at
ISBN: 978-3-99016-037-4

Produktionsleitung: Horst Horvath
Lektorat: Annemarie Klinger
Covergestaltung: Annelie Wagner
Coverphoto: Clemens Frühstück
Mjenovo-Landkarte: Felix Dubis Wolf
Layout: Daniel Chaloupka
Druck: Druckzentrum Eisenstadt

Gedruckt mit Unterstützung von:

bm:uk kultur burgenland

Die edition lex liszt 12 wird im Rahmen der Kunstförderung des Bundesministeriums für Unterricht, Kunst und Kultur unterstützt. Teile dieses Buches entstanden im Rahmen eines Aufenthalts-Stipendiums des Landes Burgenland im Künstleratelier Paliano, Italien.

Michaela Frühstück

Teta Jelka überfährt ein ~~Huhn~~ Hendl

edition lex liszt 12

Nada de lo que escribo ni de lo que he escrito tiene que ver con la realidad. Su espacio es mi imaginación, su tiempo el de mis pulsos. Si con ciertas palabras intento configurar imágenes de hombres, es por seguir la costumbre, pero que nadie lo tome en serio.

Gonzalo Torrente Ballester,
Fragmentos de Apocalipsis

Nichts von dem was ich schreibe noch geschrieben habe, hat mit der Realität zu tun. Sein Raum ist der meiner Vorstellungskraft, seine Zeit die meines Pulses. Wenn ich mit gewissen Worten versuche Bilder von Menschen zu erzeugen, dann um dem Brauch zu folgen, doch niemand sollte dies ernst nehmen.

Gonzalo Torrente Ballester,
Fragmente der Apokalypse

Mjenovo 1950

ungefähr

Juli
Eine Nacht von Donnerstag
auf Freitag

Jelka überfährt ein Hendl.
Margit Szabo hilft, einen Plan zu schmieden.
Der Pfarrer von Mjenovo wäre gerne Monsignore.

Der Tag, an dem Jelka das Hendl überfährt, ist gar kein Tag, sondern eine Nacht. Jelka fährt mit dem Fahrrad ohne zu schauen und mit einem eleganten Slivovicschwung vom Palatinwirtshaus weg und sieht nicht, dass Viktorija gerade die Straße überquert. Es wird ein glatter über das rechte Hendlhaxldrüberfahrer, und davon wird man auch noch Jahre später etwas haben, denn als das Hendl Viktorija in der Suppe kocht, seufzt der Koch in den Suppentopf hinein, weil vom rechten Viktorija-Haxerl zwei Zehen fehlen. An dem Tag, an dem Nacht war, springt Jelka vom Fahrrad und dem fliehenden Unfallopfer nach. Sie erwischt das Hendl am Flügel und trägt es nach Hause. Das Fahrrad bleibt liegen. In dieser Nacht und in fast allen die folgen, schläft Viktorija neben Jelkas Bett. Der Tag, an dem Nacht war, ist der Beginn einer lebenslangen Freundschaft. Einer Freundschaft, die genau 18 Jahre und zwei Tage dauert. Am dritten Tag ist es, an dem der Koch in den Suppentopf seufzt, weil Viktorija mit minus zwei Zehen, aber dafür mit wirklich scharfem Paprika ins Vergessen schwimmt.

Länger als ein Hendlleben dauert die Freundschaft, mit der sich Jelka eine Hausnummer teilt. An der Adresse Sotbend 7 befinden sich nämlich zwei Streckhöfe, zwischen den Häusern verläuft ein gemeinsamer Hof. In Sotbend 7a wohnt Jelka, in Sotbend 7b Margit Szabo. An dem Tag, an dem Nacht war, klopft Jelka an das Schlafzimmerfenster ihrer Freundin und hält ihr Hendl Viktorija vors Gesicht. Viktorija erhält erstklassige 1A Nachbarschaftserstehilfe und schläft gleich darauf ein, denn der Slivovic, den Jelka und Margit gemeinsam brennen, kann nicht nur Tote erwecken, er bringt auch heilsamen Schlaf.

Margit und Jelka schenken sich selber auch einen Slivovic ein, um sich in der Viktorija-Angelegenheit zu beraten. Denn Viktorija gehört nicht nur sich selbst, sondern auch einem anderen. Der andere ist in diesem konkreten Fall der Pfarrer von Mjenovo, den man Don Stipe nennt. Er hat das Hendl nach seiner Mutter benannt. Dass sich das Hendl Viktorija zu slivovicvorgerückter Stunde auf dem kod crikve – dem Kirchenplatz – herumgetrieben hatte, hat mehrere Gründe. Der eine ist, dass der Hendlbesitzer Don Stipe berufsbedingt am Kirchenplatz wohnt, der andere, dass das Hendl ihrer Namensgeberin, der fidelen Gotthabsieselig-Stipe-Mama, auch im Charakter sehr ähnlich ist. So sitzen jetzt Jelka und Margit im guten Zimmer auf der Ofenbank und überlegen, wie sie am besten vorgehen sollen. Immerhin handelt es sich, genau betrachtet, um zwei Straftaten. Zum einen ist da natürlich der Unfall, bei dem Viktorija zwei Zehen verloren hat, zum anderen ist da der Tatbestand des Kidnapping nach Sotbend 7. Mehrere Varianten werden in den Zwetschkenschnaps hineindiskutiert. Erstens: Jelka tut so, als ob sie von Hendl Viktorijas Verschwinden nichts wissen würde und Viktorija lebt ein Leben lang im Untergrund von Sotbend 7a und 7b. Zweitens: Jelka tut so, als ob sie von Hendl Viktorijas Verschwinden nichts wissen würde und Viktorija schwimmt am Sonntag im Suppentopf. Drittens: Jelka geht zu Don Stipe, entschuldigt sich und handelt einen Preis für Viktorija aus und Viktorija lebt ganz legal zwischen Jelka und Margit auf dem gemeinsamen Hof, als Wiedergutmachung für die fehlenden Zehen und überhaupt wegen des schlechten Gewissens.

Es ist halb drei Uhr früh und eineinhalb Flaschen Slivovic, als Jelka sich aufmacht zum kod crikve, auf den Kirchenplatz, zu Don Stipe und an die Tür des Pfarrhauses klopft. Don Stipe öffnet die Tür, als ob das um diese Uhrzeit ganz normal wäre. In der linken Hand hat er eine abgegriffene Ausgabe von Giovannino Guareschis „Don Camillo und Peppone“, in der rechten ein angerostetes Schießgewehr. „Jelka, so eine Überraschung! Komm herein! Lange bist du nicht bei mir gewesen! Setz dich!“ Don Stipe legt seinen Camillo und das

Gewehr auf den Tisch, zwei Gläser und den Nussschnaps stellt er dazu und sagt: „Dein Fahrrad steht übrigens hinter der Kirche, ich hab es dorthin hingestellt, damit es die Russen nicht nehmen und auch sonst keiner drüberfliegt. Der Weg vom Palatinwirtshaus ist in manchen Nächten so verschwommen.“ Jelka nimmt einen Schluck oder zwei und erzählt Don Stipe die Geschichte vom Fahrrad, vom Kirchenplatz und von den fehlenden Zehen der Viktorija. Und davon, dass sie gerne hätte, dass Viktorija in Sotbend 7 auf dem gemeinsamen Hof lebt, auf Sommerfrische ein Leben lang. Don Stipe denkt darüber nach, wie sich in diesem Falle Don Camillo verhalten hätte. Jelka ist zwar nicht Peppone, aber eine Kirchgängerin ist sie auch nicht gerade. Eigentlich hat er sie immer nur *vor* und nie *in* der Kirche gesehen. Und das auch immer nur dann, wenn sie vom Palatinwirtshaus herausgekommen ist. Im Grunde wäre Don Stipe froh, wenn er sich nicht mehr um das Hendl Viktorija kümmern müsste, denn erstens erinnert es ihn zu sehr an seine fidele Mutter, es ist stets in der Gegend herumzaliert und zweitens hat es nie Eier gelegt, aus Prinzip, wie er vermutet. „Don Camillo, Don Camillo, wase solle iche tune“, denkt er sich mit italienischem Akzent und streichelt über sein Schießgewehr. „Ich glaube, du hättest so getan, als würde dir der Verlust des Hendls ein Loch in die schmerzerfüllte Brust brennen und würdest zumindest ein kleines Gegengeschäft vorschlagen“, so denkt Don Stipe und er sagt: „Na sagen wir, du kommst ab jetzt jeden Samstagnachmittag zu mir und liest mit mir die Geschichten des Giovannino Guareschi mit verteilten Rollen! Sagen wir mal so! Und zwar so lange, bis wir alle Abenteuer durch sind, und dann machen wir eine Theateraufführung vor dem Palatinwirtshaus. Na, ist das ein Vorslage?“ Den letzten Satz spricht er wieder mit italienischem Akzent und er ist so begeistert von sich selber und von seiner prächtigen Idee, dass er Jelka mit den Augen anfunkelt, als hätte er gerade bewiesen, dass die Erde nicht rund, sondern eine Scheibe ist. Jelka schenkt sich Nussschnaps nach, ohne vorher zu fragen, dann noch einmal und noch einmal. Und nach dem vierten Glas ist sie einverstanden genug, um „Na gut, einverstanden!“ zu sagen. „Was für ein Glück, dass heute schon Freitag und morgen schon Samstag ist“, findet Don Stipe und weist Jelka zur Tür hinaus. „Arrivederci bella, salve und ciao, wie wir Italiener in die Herze sagen!“

Jelka schaut, ob die Luft russenfrei ist, und dreht sich dann nicht mehr um, sie sieht nicht mehr die südländischen Kusshände, die Don Stipe ihr nachwirft, sie geht hinter die Kirche, nimmt ihr Fahrrad und schiebt es nach Hause. Sie schiebt es direkt in das gute Zimmer von Sotbend 7b, in dem Margit auf der Ofenbank eingeschlafen ist, und lehnt es gegen den Herd. Es ist fünf Uhr früh.

Nichts bewegt sich. Niemand rührt sich. Alles und alle haben sich in ihre Träume zurückgezogen, die Schweine und Katzen, die Mäuse und Hunde, der Wind und auch die Kirchenglocken, die sich an diesem Morgen nicht darum kümmern, die fünfte Stunde zu schlagen. Auch die Russen träumen in dieser Nacht in der Fremde von der heimeligen Kälte der Ferne und seufzen vielsprachige Seufzer. Jelka geht durch den langgezogenen Garten, an den Himbeerstauden, an den Birnbäumen vorbei, geht über die Felder, durch den kleinen Wald. Jelka stellt sich vor, wie sie alle schlafen. Margit und Viktorija in Sotbend 7a und 7b. Don Stipe am kod crikve, das Schießgewehr unter dem Kopfpolster, den Camillo noch in der Hand. Weit weg in Mailand schlummert Giovannino Guareschi, lautlos schnarchend. Die Wirtshauspalatins in ihrem Himmelbett und deren späte Gäste dort, wo auch immer sie hingesunken sind auf dem Weg nach Hause. Neben dem Misthaufen. Im kühlen Keller. In den Armen des falschen Mannes. Mjenovo verschläft die noch kühlen Morgenstunden dieses ersten glühend heißen Freitags im Juli 1950, tief und traumvoll bis zum Rand.

Jelka geht so weit, bis sie hinterm Rübenacker links ankommt und endlich stehen bleibt. Dort, wo die Welt aufhört, oder wo sie anfängt, wie man's nimmt. Hinterm Rübenacker links dehnt sich noch ein Streifen langgezogene Wiese aus, der am Rande ausfranst. Danach kommt nichts mehr. Der Weg von Jelkas Garten bis zum Abgrund der Welt dauert zehn Minuten. Jelka denkt an Margit und daran, wie sie zum ersten Mal gemeinsam diesen Weg gegangen sind, ohne auf den Weg zu achten, und wie sie auf einmal an der Klippe der Welt gestanden sind. Sie denkt an den Tag, an dem sie entdeckt haben, dass die Erde eine Scheibe und Mjenovo ein randiger Teil von ihr ist. Bis dahin waren Jelka und Margit befreundet, wie Mädchen im Alter von elf Jahren befreundet sind, sie waren damals schon Nachbarinnen, weil ihre Familien den Hof geteilt hatten. Die Sommer waren voll von Feldarbeit und Hitze und träger Schönheit und haben sich genauso mühelos ausgedehnt wie heute im Juli und im August. Jelka und Margit tragen keine Schuhe, dafür ein paar Läuse in den Zöpfen ab und zu, und so viele Worte tragen sie, dass sie ihnen beim Gehen über die Felder und den Wald vor die Füße fallen. Jelka will jedes Wort wieder aufheben, damit es nicht verloren geht, und bückt sich und dreht sich immer wieder nach den ausgestreuten Buchstaben um. Aber Margit zieht sie weiter, findet neue Worte und Geschichten und Alphabete. „Jelka! Man kann sich seine Geschichte aussuchen. Man kann sich seine Geschichte aussuchen, weil ich sie erzähle!“ Doch auf einmal hat Margit für ganz kurze Zeit keine Worte mehr, denn vor ihnen steht ein Esel. Er hat wunderschönes, dunkelgraues, langes Haar und schaut sie an. Er tut nichts, bewegt sich nicht einmal, und dennoch versperrt er ihnen den Weiterweg mit Schauen. „Ich kann mir meine Geschichte aussuchen, weil ich sie selbst erzähle“, sagt Margit, und ich erzähle, dass wir zwei jetzt an diesem Esel vorbeigehen werden. Und das tun sie auch, Jelka und Margit gehen an dem Esel vorbei und dann bewegt er sich doch, der Esel, er dreht seinen Kopf halb nach ihnen um. Dort, wo sich die abgeernteten Felder des Sommers 1937 ausbreiten sollten, sehen Jelka und Margit ein schwarzblaues Schwarzblau, durchbrochen von schwachfunkelndem Glitzer. Sie wissen damals noch nicht, dass sie am Anfang der Welt stehen. Sie wissen damals noch nicht, dass sie am Ende der Welt stehen. Das schwarzblaue Schwarzblau, der schwachfunkelnde Glitzer und der langhaarige Esel gehören zu einer Geschichte, die Margit Szabo ausnahmsweise nicht selber ausgesucht und erzählt hat. Jelka und Margit stehen staunend am Rande der Welt, wo sich das uferlose Niemandsland der Sehnsucht vor ihnen ausbreitet. „Škoda, škoda“, findet Margit, „schade, dass mir das nicht selber eingefallen ist.“

Dreizehn Jahre nach dieser Entdeckung steht Jelka allein am Ende der Welt und füllt sich mit der lautlosen Endlosigkeit an bis in die Fingerspitzen. Nur der Esel hat sich neben sie gestellt und schaut mit ihr ins schwachfunkelnde Glitzern der schwarzblauen Nacht.

Freitag

Der Koch Jakov ist verliebt. Die Liebesgeschichte seiner Eltern hat mit Gurken zu tun. Don Stipe taucht aus dem Untergrund auf.

Achtzehn Jahre und drei Tage nach Jelkas Fahrradunfall wird Jakov, genannt nur Jakov, mit sehr lauten Seufzern und siebenundfünfzig einzelnen Tränen Viktorija rupfen und ausnehmen und in den Suppentopf legen. Dass man sie mit wirklich viel scharfem Paprika und siebenundfünfzig Tränen auf die Reise ins Vergessen schicken muss, weiß er von Don Stipe, der jeden Tag, außer an manchem Sonntag, bei Jakov zu Mittag isst.

An diesem Freitagvormittag aber weiß Jakov noch nichts davon. Gerade erst ist Viktorija überfahren worden und schläft noch slivovicverträumt neben Jelkas Bett. Jakov bemerkt, dass sich der Sommer zum ersten Mal in diesem Jahr wie eine in vielen Stunden und ohne Eile bestickte samtene Decke über Mjenovo legt. Viele und vielzuwenige Wochen lang wird sie über dem Dorf liegen. Erst wenn sie schon brüchig wird und durchlässig, wird jemand sie an einem Ende ganz behutsam nehmen und sie hinter sich herziehen, wird Mjenovo den Sommer ausziehen, so wie man einer alten Frau im Herbst das warme Tuch um die Schultern legt. Über Jakovs versonnene Sommerbeobachtung legt sich Jelkas Stimme. „Irgendjemand hat heute schon die in vielen Stunden und ohne Eile bestickte samtene

Decke über Mjenovo gelegt", sagt Jelka und Jakov begrüßt sie mit, leider nur gedachten, nach seiner Küche duftenden Umarmungen. „Ciao bella", sagt Don Stipe. Dass er plötzlich hinter Jakov und Jelka mitten in der Wirtsstube steht, wundert nur zufällig Vorbeireisende. Zwei unterirdische, geheime Geheimgänge führen von der Kirche zu Jakovs Wirtshaus und zum Wirtshaus der Palatins. Das hat Don Stipes Vorgänger in kriegswirren Zeiten zuweilen das Leben gerettet. Sagt Don Stipe. Heute retten die vollgestellten Geheimgänge die heimlich weggebrachten Fleisch- und Schmalzvorräte, Eier, Schnaps und alten Wein vor den russischen Besatzern. Don Stipe retten sie auch vor den Blicken des Ferenc Karall, des strengen Mesners, der schon am helllichten Vormittag in die Kirche geht. Die Nacht mit Don Camillo, der abwesenden Viktorija, Jelka und dem Nussschnaps hat Spuren hinterlassen und die sieht man auch ganz deutlich in Don Stipes Gesicht. Die einzige Sonnenbrille im Dorf besitzt allerdings der Bürgermeister. Und selbst der trägt sie im Sommer nicht, damit sie in der Sonne nicht abschießt. Er verborgt sie zwar, aber nur einmal im Jahr, am 15. August, zu Maria Himmelfahrt. Dann setzen die Minihofer der heiligen Muttergottesstatue die Sonnenbrille auf, einerseits als Zeichen der Trauer wegen ihres Hinscheidens, andererseits, um sie vor dem hellen Licht zu schützen, das sie im Himmel höchstwahrscheinlich erwartet. Don Stipe denkt an jedem 15. August gleich nach dem Aufwachen: „Oh Ferragosto! Oh Ferragosto! Einmal möchte ich Ferragosto in der Po-Ebene verbringen! Und die Sonnenbrillen selber aufsetzen!“

Don Stipe muss also seinen Kater mit Fassung und ohne Brille tragen und mit ihm Jakov, weil dieser sich um das Katermenü kümmern muss. Dabei würde der sich viel lieber um Jelka kümmern, die schon wieder weg ist, ohne zu grüßen und noch ohner zu küssen, und so schmachtet sich Jakov in die Speisekammer hinein und kommt mit dem Gurkenglas heraus. Es ist das große Glas mit jenen Gurken, die noch Jakovs Mutter eingelegt hat. Sie ist seit über zehn Jahren tot. Ihre Gurken sind aber immer noch lebensspendend. „Santa subito!“, jauchzt Don Stipe und überlegt ernsthaft eine Reise nach Rom, um die heiligen Gurken der Verstorbenen als Wunder eintragen zu lassen. Aber jedes Mal, wenn er wieder bei vollem Bewusstsein ist und die Gurken mit einem oder zwei Schluck Wein hinuntergespült hat, vergisst er es. Die heiligen Gurken zu Mjenovo werden nie den Weg in den Vatikan finden. Sie finden jetzt aber wieder den Weg zurück in die Speisekammer, wo Jakov sie vorsorglich hinter dem Knoblauch versteckt. Als er zurück in die Wirtsstube tritt, ist auch der Pfarrer verschwunden. Die in den Boden eingelassene Falltür hat sich wieder mit den alten Holzbrettern verbunden.

Jakov bückt sich und ritzt mit seinem Küchenmesser in die Bretter unter der Budel einen Strich. Dieser Strich reiht sich zu dreitausendfünfhundertundzwei Strichen. Seit 3.500und2 Tagen liebt er die um ein Jahr ältere Jelka. Das sind 84.048 Stunden, 5.042.880 Minuten und horrend viele, nichtmessbare Schmacht-Einheiten auf der ständig tickenden Liebesuhr. 3.500und2 Mal ist er bei ihrem Anblick vor Sehnsucht in sich zerbröselt und musste sich 3.500und2 Mal wieder zusammenkehren. Der Tag, an dem Jakov sich an Jelka verloren hat, war einer, an dem jemand die in vielen Stunden und ohne Eile bestickte samtene Decke über Mjenovo gelegt hatte. Jakov taucht wieder von unter der Budel auf, nimmt sein Küchenmesser und schält damit die Erdäpfel für den Erdäpfelstrudel, den es freitags in seinem Wirtshaus zu essen gibt. Wenn er sich gerade wieder zarte Hoffnungen macht, was seine Chancen bei Jelka betrifft, schnitzt er die Erdäpfel zuerst als Herzen zurecht, um sie erst danach zu kochen. Immer dann, wenn er den Herzerlerdäpfelstrudel macht, bringt er Jelka ein kleines Stück hinüber nach Sotbend 7a. Dass die Erdäpfel die Form seiner Empfindungen haben, merkt sie nicht, weil die Erdäpfel im Strudel der Gefühle verkochen. Und doch hätte Jakov es besser wissen müssen, denn ähnlich romantisch veranlagt wie er selbst, war sein Vater, Stari Jakov, der Alte Jakov. Stari Jakov hat die Kochkunst der Gefühle beherrscht wie kein Zweiter. Auch er ist in der Küche gestanden und hat hinausgeschmachtet in die Wirtsstube, wo seine Frau, die Gurkenheilige, hinter der Budel gestanden ist und die Gäste mit ihrem Liebreiz bewirtet hat.

Dass Stari Jakov das Herz der Gurkenheiligen erobern konnte, dass er sie über die ausgetretene Schwelle in sein Wirtshaus tragen konnte, das war nur seinen außerordentlichen Kochkünsten zu verdanken. Denn der Koch und Wirtshausbesitzer Jakov Németh war äußerlich betrachtet von enden wollendem Liebreiz. Er hatte sehr große, weit abstehende Ohren, von denen auch sein anständiger Silberblick nicht ablenken konnte. Seine Füße waren für den selbst für Minihofer Verhältnisse kleinen Körper viel zu groß, trugen ihn aber erstaunlicherweise ein Leben lang mit der Eleganz einer Hirschkuh. Stari Jakov war also keine Schönheit und damit wie geschaffen für die schönste Frau von Mjenovo bis Klimpuh. Er lernte sie kennen, als sie mit ihren Gurken auf der Durchreise nach Ungarn war, wo sie ihre Cousine besuchen wollte. Sie stammte aus Dolnja Pulja, Unterpullendorf, einem Ort dreizehn Kilometer von Mjenovo entfernt. Dorthin ist sie aber nie mehr zurückgekehrt, denn Stari Jakov wartete jeden Tag den ganzen Tag lang darauf, dass sie auf der Heimreise ihres Verwandtenbesuches an seinem Wirtshaus vorbeikommen würde. Jeden Tag kochte er für sie und musste zwei Wochen lang alles selber essen, bis seine Gurkenheilige „Endlich!“ an einem Donnerstagnachmittag hinter dem Hügel aufgetaucht ist. Stari Jakov ist mit seinen großen Füßen zu ihr hingelaufen, hat ihr das leere Gurkenglas abgenommen und ihr dafür ein riesiges Grammelpogatscherl in Herzform in die Hand gedrückt. Und während sie den Hügel hinuntergegangen sind, hat seine Sveta Buborčica das Pogatscherl gegessen und ist mit jedem Hinunterschlucken dem Stari Jakov unabsichtlich näher gerückt. Sie hat sich an den gedeckten Wirtshaustisch gesetzt, wortlos, und hat das Menü gegessen, das sie von diesem Tag an jeden Tag gegessen hat, bis zum Ende ihres Lebens.

Stari Jakov holt den ersten Gang der Verführung, eine Rahmsuppe mit Sterz. Den dazugehörigen Gurkensalat stellt er in die Mitte, damit beide davon essen können. Ebenso zwischen ihnen steht der Krug mit Weißwein, kein Glas dazu. Er trinkt in einem Zug die Hälfte davon, Sveta Buborčica antwortet, indem sie den Krug leert, ohne dabei zu blinzeln. Sie blickt Stari Jakov dabei fest in sein Silberblickauge und sieht, dass es grün ist. Wie ihre Gurken. Nach dieser ebenso stummen wie sinnlichen Übereinkunft holt Stari Jakov den Topfenstrudel aus dem Ofen. Ohne Rosinen und lauwarm. Und obwohl er Süßes gar nicht mag, essen die beiden gemeinsam den ganzen Haxen auf.

Aus genau diesen Speisen bestand auch das Hochzeitsmenü, zu dem das Brautpaar das ganze Dorf einlud. Drei Tage und drei Nächte feierte man das so schnell gefundene und geistesgegenwärtig aufgeklaubte Glück. Sveta Buborčica und Stari Jakov waren das schönste Liebespaar von Mjenovo und Umgebung und erneuerten ihre Gefühle täglich um zwölf Uhr Mittag. Für das Abendessen erfand Stari Jakov immer wieder neue Gerichte, die er mit seinen täglich wachsenden Gefühlen würzte und seine Frau wurde niemals satt davon. Drei Jahre, nachdem sie vom Hügel herunter gekommen war und ins Wirtshaus begleitet wurde, drei Jahre, nachdem sich endlich der Sterz an ihren schönen Hüften angesetzt hatte und sie noch schöner gemacht hatte, kam ihr Sohn Jakov zur Welt. Sveta Buborčica setzte noch am selben Tag Gurken im Garten, eine eigene Sorte, die sie selber gezüchtet hatte. „Wir nennen sie die Minihofer Gurke", sagte sie, aber ihr Mann wollte die neue Gurke lieber Sveta Buborčica, die heilige Gurke, nennen. Also sagten sie einfach nur „Gurke" zur Gurke, um nicht zu streiten. Der junge Jakov hatte es von Anfang an gut, nicht nur, weil seine Mutter ihm zu Ehren eine Gurke gezüchtet hatte, auch weil sein Vater auf ihn achtete, fast genauso wie auf seine Mutter. Er kochte für seinen Sohn von Anfang an so, dass auch er voll und satt war mit allem, was man zum Glücklichsein und zum Leben braucht. Jakov pendelte zwischen Küche und Wirtsstube, zwischen der Schmalzdose seines Vaters und dem Gurkenduft seiner Mutter.

Jakov war genauso schön wie sie, nur das Kochtalent des Vaters musste er sich mit vielen Tränen und ebenso vielen Rückschlägen erarbeiten. Das lag vielleicht daran, dass man mit zehn Jahren noch kein ausgelernter Gefühlekoch sein kann. Denn damals hörte Stari Jakov auf, seinem Sohn das Kochen beizubringen. Er schloss an einem Novembermorgen die Wirtshaustür hinter sich und ging. Er schaute sich nicht noch einmal um, als er langsam den Hügel hinaufging. Er sah nicht mehr, wie sein Sohn aufwachte und nach ihm suchte. Stari Jakov ging den Hügel hinauf und dachte bei jedem Schritt an jenen Tag, an dem seine Frau genau denselben Weg gegangen war und er ihr nachgeschaut hatte. Er dachte daran, wie er zwei Wochen lang vor der Tür gestanden war und auf sie gewartet hatte. An diesem Novembertag im Jahr 1937 schaute Stari Jakov nur in sich selbst hinein. Er blickte nicht einmal kurz nach links, als er am Friedhof vorbeiging, wo er vor wenigen Stunden seine verstorbene Frau begraben hatte. Sonst hätte er gesehen, wie zwei Mädchen am Grab seiner Frau standen, er hätte gesehen, wie die rosenroten Astern vom Vortag noch leuchteten, starr vom Novemberfrost. Und er hätte gesehen, dass Margit eine Aster nahm, um sie in ein großes Gurkenglas einzulegen. Für später.

Dreizehn Jahre danach kocht Jakov für Jelka einen Strudel nach dem anderen, das Rezept für den besten Strudel der Gefühle von Mjenovo nach Klimpuh hat er aber noch nicht gefunden. Sein Vater scheint allen Zauber mitgenommen zu haben, das Heft mit den Rezepten in der Küchenlade bleibt leer. Jakov ritzt noch einen Strich zu den Liebeslinien in den Boden, weil der erste heiße Tag im Jahr doppelt zählt auf seinem Liebesbarometer. Derweil zerkochen die sorgsam geschnitzten Erdäpfel auf dem Herd.

Margit Szabo zählt abgeschlagene Stellen. Ihr Opapa konnte den Weißwein nicht mehr trinken. Eine geschenkte Schreibmaschine fliegt durch die Luft.

Wenn man von Mali Borištof kommt und nach Mjenovo hineinfährt, kommt bald einmal auf der rechten Seite ein Haus mit einem an manchen Stellen sehr schön abgeschlagenen mjenovoblauen Sockel. Bei den sehr schön abgeschlagenen Stellen schimmert ein sandfarbener Ton durch, nicht ganz so hell wie die Haut von Jelka, aber auch nicht so knusprigdunkel wie der Strudel von Margits Omama. In dieses Haus hinein, hinter diesem Sockel, wurde Margit geboren, als letztes von nur drei Kindern. Als einziges Mädchen und zur besonderen Freude und Unterhaltung ihrer Großmutter, ihrer Staramajka. Mit ihr trank sie den Häferlkaffee, in den sie das alte Brot tunkten, mit ihr hütete sie das Haus, als alle anderen auf dem Feld waren. Und mit ihr schrieb sie Geschichten in die trockene Erde hinter dem Birnbaum, als sie noch gar nicht schreiben konnte.

Am Tag nach ihrem siebten Geburtstag fing Margit damit an, jeden Morgen vors Haus zu gehen und nachzuzählen, ob noch alle abgeschlagenen Stellen des mjenovoblauen Sockels da waren. Denn am Tag davor, in aller Früh, hatte ihr Opapa angefangen, den Sockel neu zu streichen. „Geburtstagsblau!“ hat er zu ihr gesagt. Dazu müsse man das alte und das neue Blau vermischen, die sandigen Stellen halbschlampig übertünchen, weil es nicht zu perfekt ausschauen darf, einen oder zwei Krüge Wein dazu trinken, am Ende zurücktreten und sagen: „Geburtstagsblau! Nennen wir es Margits Geburtstagsblau!“ Der Opapa tauchte also am Vorabend von Margits siebtem Geburtstag seinen Pinsel in die Farbe, zwinkerte seiner Enkeltochter zu, stellte sich vor die größte brüchige Stelle, übertünchte sie mit langgezogenen Bewegungen, und als er zurücktrat, um das Ineinanderfließen der Blaus zu betrachten, fiel er rücklings ins Gras und starb, noch ohne einen Schluck vom Wein genommen zu haben.

Margits Opapa hielt den Pinsel so fest in der Hand, dass man ihn genauso bestatten musste, wie er hingefallen war. In der rechten Hand hielt er den blauen Pinsel, über die linke legten sie einen Rosenkranz, in hellblau, damit es was gleichschaute. So lag er, der Opapa, zuerst zu Hause, zwei Tage lang, und dann für immer am Friedhof. Margit konnte damals nicht verstehen, weshalb es erlaubt war, dass Großväter am Vorabend von siebten Geburtstagen sterben durften. Sie konnte nicht verstehen, dass Geburtstagskuchen gebacken, vergessen und schließlich ganz von Schimmel zugedeckt werden konnten. Margit verstand aber, weshalb Großmütter aufhörten Geschichten in die trockene Erde hinterm Birnbaum zu schreiben. Sie verstand, weshalb ihre Omama begann, die Farbe Blau zu suchen. Dass sie, am Tag, nachdem sie ihren Mann begraben hatte, mit Schlag zwei Uhr Nachmittag in den Garten ging, mit einer kleinen Leiter auf den Birnbaum stieg und in die Ferne schaute. Um das Meer zu sehen, um das Blau zu sehen, um am Ende der Welt ihn zu sehen.

In Staramajkas blauen Augen spiegelte sich ihre erfundene Nachmittagswirklichkeit. Jeden Tag von zwei bis vier. Margit bewachte dieses Niemandsland-Fernweh, denn sie begleitete ihre Großmutter Tag für Tag und sah ihr beim Nachinnenschauen zu. Wenn der Birnbaum voller weißer Blüten war, konnte man Margits Großmutter gar nicht richtig ausnehmen. Margit stellte sich dann vor den Baum und betrachtete sie und es kam ihr so vor, als ob ihre Großmutter noch schöner blühte, als alles um sie herum. Wenn es regnete, setzte sich Margit neben sie und hielt den alten Regenschirm über alle, die Omama, den unsichtbaren Opapa und sich selbst. Und im Winter gefiel es Margit, wenn der Schnee ihnen eine Decke überwarf. Gemeinsam stellten sie sich dann vor den Ofen, die Arme von sich gestreckt, und warteten darauf, dass die Schneedecke in den Holzboden sickerte.

Der Sockel des Hauses, darum kümmerte sich Margit vom Tage ihres siebten Geburtstages an, durfte nie mehr gestrichen werden. Jeden Morgen sah sie nach, ob auch keine einzige der sandfarbenen Stellen übermalt worden war, von vorbeireisenden Blaumachern, schamlosen Landschaftsmalern oder traumlosen Tagedieben. Sobald man nur eine einzige der Stellen ausbesserte, so dachte sie, würde wieder etwas Unveränderbares geschehen. Margit ging jeden Morgen durch das dunkelgrüne Tor und zählte die sandfarbenen Stellen im Blau. Es waren genau 72. Am Vorabend ihres Geburtstages hatte es noch eine Stelle mehr gegeben. 73 war ab diesem Zeitpunkt ihre heilige Zahl, Glückszahl und Unglückszahl. Dass beide, Enkeltochter und Großmutter, sich das alles erlauben durften, abgeschlagene Stellen zählen in aller Früh und den ganzen Nachmittag lang im Birnbaum sitzen, das lag daran, dass in Sotbend 7b in diesem Jahr nur mehr Margit und ihre Großeltern lebten. Margits Eltern und ihre zwei Brüder hatten, wie viele andere Minihofer, das Schiff nach Amerika genommen, um in der Stadt South Bend unweit Chicago Brot und Glück zu suchen. Zwei oder drei Jahre oder immer wollten sie wegbleiben und Margit nachkommen lassen. Dass Margit und ihre Großmutter gleich im ersten Jahr, als der Opapa gestorben war, nicht verhungert sind, verdankten sie der Fürsorge ihrer Nachbarn in Sotbend 7a. Dort wohnten Jelka und ihre Großeltern. Sie warteten auf Nachricht ihrer eigenen Kinder, die sich gemeinsam mit den Nachbarn nach Übersee aufgemacht hatten. Wie Margit hatte Jelka neben einer Mutter und einem Vater auch zwei Brüder, die ihr Glück in South Bend suchen wollten. Noch hatte keiner einen Brief bekommen.

Obwohl, Jelka und Margit konnten sowieso noch nicht lesen. Sie waren gerade dabei es zu lernen, bei Missis, die eigentlich nicht Missis, sondern Frau Karlovits hieß und die Lehrerin von Mjenovo war. Sie hatte eine Zeit lang sehr weit weg vom Dorf gewohnt, in England oder Schottland und war dabei sehr mondän geworden. Mit Nagellack und kurzem Haar und einem oder zwei oder drei Liebhabern in Wien und Sopron, die sie manchmal besuchten. Weil sie groß und schön war und charmant und so wunderbar „well, well, well" sagte und dabei wie keine andere die Augen verdrehte, wenn man etwas falsch machte, liebten sie die Kinder. Und sagten gerne absichtlich, dass zwei mal drei sieben oder acht wäre. Wie man sich vorstellen kann, war Missis nicht bei allen Minihofern so beliebt wie bei den Kindern. Aber auf dem Ohr der Tratschereien war Missis vollkommen taub und das riet sie auch ihren Schülerinnen und Schülern. Ein Rat, den diese sehr gerne und mit eigenem Augenrollen befolgten. Die Herren, die Missis den Hof und vor ihrem Hof Halt machten, brachten sehr oft Geschenke, die Missis in einem kleinen Zimmer abstellte und weiterschenkte, wenn irgendjemand Geburtstag hatte oder zu Weihnachten.

Nur einmal, da hob sie das Geschenk nicht auf für später. Da hob sie die nagelneue Schreibmaschine über den schönen Kurzhaarschnittkopf, rannte einem fliehenden Verehrer über den Hof nach, gab ihm Namen, die man hätte nicht erfinden sollen, und warf ihm die Schreibmaschine nach. „Leider nicht getroffen!“, sagte sie zu Margit, die staunend vor dem Haus der Missis stehen geblieben war und vor deren Füßen nun das Geschenk lag. Die rote Schleife war dabei makellos geblieben. Nur das „s“ auf der Schreibmaschine fehlte. Missis und Margit suchten die ganze staubige Straße nach dem Buchstaben ab, er war aber unauffindbar. „Ich sag dir was, Miss Margit, well, well, well, ich sage dir was: ich schenke dir diese Schreibmaschine! Und das Papier dazu. Aber eines musst du mir versprechen: wenn der feine Pinkel sich hier noch einmal blicken lässt, dann musst du ihm die Schreibmaschine wieder nachwerfen. Einverstanden?“

„Dobro!“, sagte Margit und wollte aus lauter Dankbarkeit der Missis gleich ein Dankbarkeitsgedicht auf der Maschine schreiben, sie scheiterte aber im ersten Moment an der ersten Zeile, denn erstens hatten sie das „m“ noch nicht gelernt, und zweitens würden dann auch noch die zwei „s“ fehlen, und wenn am Ende nur mehr das „i“ übrig bliebe, das kam Margit dann doch zu gewagt vor für den ersten Vierzeiler. Margit holte Jelka zu Hilfe, sie konnte die Schreibmaschine nämlich noch nicht alleine tragen, und suchte sich einen Platz dafür im Haus. Es war zwar klein, aber für die Nurmehrbewohnerinnen Margit und Omama doch wieder groß im Vergleich zu früher, als das Haus noch voll gewesen war, und so stellte Margit die Schreibmaschine auf den Platz, an dem ihr Großvater gesessen war. Und sie ließ sie auch immer dort stehen auf dem Esstisch, egal ob Besuch da war und man den Platz gebraucht hätte, egal, ob der Tisch abgewischt wurde oder beim Kukuruzrebeln.

Margit wollte nichts Wichtiges mehr aus den Augen verlieren. Nicht die sandigen Stellen im Blau, nicht die schwarzen Lettern auf der Schreibmaschine. Auf ihr wollte sie die Geschichten, die sie umgaben, die Geschichte ihres eigenen Lebens und die anderer, selber schreiben. Erfinden, ausschmücken und zu Ende denken. „Ich kann mir meine Geschichte selber aussuchen!“, sagte Margit, „und sobald ich alle Buchstaben kenne, werde ich diesen Satz als allerersten auf ein Blatt Papier schreiben. Und Omama muss ihn absticken. Und das hängen wir uns dann als Spruchtuch neben Christus am Kreuz neben den Ofen.“ Und genauso haben sie es auch gemacht.

Jelka bringt noch ein Tier nach Hause.
Margit geht immer spät zur Arbeit.
Madonna ist Atheistin.

Als Jelka vom Ende und Anfang der Welt nach Mjenovo zurückkommt, durch den Garten geht, am Birnbaum vorbei und an den Himbeerstauden, folgt ihr ein grauer Schatten. Immer, wenn sie stehen bleibt, bleibt auch er stehen, und wenn sie sich umdreht, senkt der langhaarige Esel vom Rande der Welt den Blick zum Boden, und tut so, als ob er ganz zufällig hier wäre und das schon seit immer. Er zupft sich einen Löwenzahn und verschönert den Garten mit feinsinnigem Nursodastehen. „Na hodi", sagt Jelka, komm, und der Esel kommt auch sehr gerne mit Jelka mit. Er folgt ihr bis hinein ins gute Zimmer zu Margit, die gerade einen Häferlkaffee macht und mit einer Sonnenbrille, ehrlich gesagt, besser ausgeschaut hätte. „Dobro jutro!", sagt Jelka. „Ich habe jemanden mitgebracht, Margit." – „Er hat wohl auch einen Kaffee nötig", findet Margit, als sie den Esel mit dem Löwenzahn im Maul neben dem Tisch stehen sieht. „Das hat ja lange gedauert, dass du hergefunden hast. Ich habe schon vor fünf Jahren auf meiner Schreibmaschine erzählt, dass du zu uns kommst, weil es dir hinterm Rübenacker links zu fad wird." Margit schaut auf das Spruchband, das ihre Omama gestickt hat und sagt: „Irgendetwas muss an meinen Erzählungen nicht stimmen. Jelka, denkst du, ich soll das „s“ auf der Schreibmaschine reparieren lassen?“ Und dann: „Na egal jetzt, herzlich willkommen, Esel. Hodi ist ein guter Name für dich, weil du endlich gekommen bist.“

Margit schickt Hodi in den Hof zurück, wo er auf Viktorija trifft, die gerade ihre ersten unsicheren Schritte macht. „Jakov war übrigens schon da“, sagt Margit und deutet auf den Erdäpfelstrudel, der unangebissen auf dem Tisch steht. Jelka und Margit essen ihn immer wochenweise abwechselnd und bessern ihn mit fünf oder sechs Knoblauchzehen auf, denn weder Jelka noch Margit mögen Erdäpfelstrudel, und schon gar nicht den von Jakov, er ist ihnen ganz einfach zu trocken. Man kann sich vorstellen, wie übel er schmeckt, denn so ein Geschenk schlägt zu dieser Zeit kein normaler Mensch aus. Als sie gerade anfangen wollen darüber zu streiten, wer diese Woche mit dem Aufessen dran ist, hat Margit eine hinreißende Idee, die eng mit Viktorija und Hodi verknüpft ist. Von diesem Tag an fürchten sich die Freundinnen nicht mehr vor Jakovs Besuch und seinem ungeliebten Gastgeschenk. Jelka und Margit beschließen, von nun an am Freitag immer Blunzengröstl mit Erdäpfeln zu Mittag zu essen, und zwar erstens, weil das am Freitag in Minihof verboten ist, zweitens weil es kaum etwas Besseres als das Verbotene gibt, und drittens, weil sie dann Jakov stets und ohne zu lügen erzählen können, dass die Erdäpfel her-vor-ra-gend geschmeckt haben. Dass sie sich die Blunzen nur denken können, weil es für die Minihofer in der Besatzungszeit keine Blunzen gibt, ist nicht so wichtig. Denn sehr oft im Leben schmeckt das Ausgedachte besser als das Original.

Wenn auch die Rezeptur nicht dafür taugt, Jelkas Gefühle für Jakov zu erwecken, irgendetwas scheint doch besonders an den Ingredienzien seines Liebesstrudels. Denn von jenem Augenblick an, als ihn Viktorija und Hodi Seite an Seite auffressen, sind sie nicht mehr voneinander zu trennen.

Seitdem Jelka und Margit allein leben, seitdem alle Großeltern auf dem Friedhof in der Gospodarova ulica liegen, essen Jelka und Margit stets gemeinsam, nur nicht zum Frühstück, da ist Margit nämlich noch ungenießbar. Sie fängt immer erst um zehn zu arbeiten an, weil sie da zum ersten Mal richtig die Augen aufbringt. Vorher in ihrem Beruf zu arbeiten, ist viel zu gefährlich. Das weiß sie, seit sie nach einer sich ausdehnenden Nacht im russenfreien Hinterzimmer des Palatinwirtshauses ihren Kater überhört und mit dem Himmelbett begonnen hat, das die Palatins in jener Nacht bei ihr bestellt haben. Seither fehlen ihr vom rechten Ringfinger die ersten zwei Zentimeter. „Nimm's nicht so schwer", hat Jelka damals zu ihr gesagt. „Stell dir vor, es wären die letzten zwei Zentimeter! Da hättest du gar keine

Chance mehr auf einen Ehering!“ Das mit dem Ehering ist Margit egal, die Hände einer Tischlerin sind sowieso nie so tischfein, als dass man einen Ring tragen kann, aber weil sie ihre Hände unbedingt braucht, nicht nur zum Hobeln, Sägen und Schleifen, sondern auch, um auf ihrer Schreibmaschine das Leben zu erzählen, passt sie sehr gut auf sie auf. Das bedeutet also: Keine Arbeit in der Tischlerei vor zehn. Schon gar nicht, wenn man in der Nacht davor mit Jelka Pläne geschmiedet hat, mit viel selbstgebranntem Slivovic.

Die Tischlerei befindet sich nicht in Sotbend, sondern in der Marijina ulica. Dort hat Margit angefangen das Handwerk zu lernen, als klar wurde, dass weder ihre Brüder, noch ihre Eltern aus South Bend zurückkommen würden. Weil Margit ihre Omama aber auf keinen Fall alleine lassen wollte und auf noch keineren Fall ohne Begleitung auf den Birnbaum klettern, hatte sie sich dazu entschieden, in Mjenovo zu bleiben. Sie schrieb auf ihrer Schreibmaschine, dass sie zum Tischler, dem schmalen Pero Csmarich geht und fragt, ob er sie nicht nehmen will. Und er sagt nur: „No sigurno, Margit, sigurno! Sicher!“ Und genauso war es dann auch. Sicherheitshalber hatte sie in die Geschichte noch hineingeschrieben, dass die Tischlerei von halb zwei bis vier Uhr am Nachmittag Pause macht, damit sie mit ihrer Omama im Birnbaum sitzen konnte.

Zehn Jahre lang arbeitet Margit schon als Tischlerin. Sie ist ziemlich gut, und ziemlich streng. Streng zu ihren Kunden, weil sie nicht alles macht, was gewünscht wird. „Wäre ja noch schöner! Eine neue Tür? Dein Mann soll gefälligst aufhören draufzudreschen, wenn er zu viel getrunken hat. Wenn du willst, dann mach ich dir noch einen Riegel dazu, damit er nicht reinkann. Er soll zu den Schafen in den Stall gehen zum Schlafen, wo er übrigens auch hingehört!" Und gut ist Margit als Tischlerin, weil sie den Zusatz-Riegel tatsächlich erfindet und montiert und die Tür verstärkt. In der Nacht schreibt sie dann, wie die Geschichte mit dem Ehemann weitergeht, der sich seit seiner Rückkehr aus dem Krieg jede Nacht sucht und nicht mehr findet. So eine Tischlerin ist Margit Szabo.

Wenn man sich fragt, weshalb es ihr möglich ist, die Bude erst um zehn Uhr Vormittag aufzumachen, dann soll man wissen, dass der schmale Pero Csmarich irgendwann einmal, gerade als er an einem Sessel gearbeitet hat, zu Margit gesagt hat: „Margit, hast du dich schon einmal gefragt, wie ein Urwald ausschaut? Was es da für Bäume gibt? Haben die Holzwürmer im Urwald? Und Tischler?" Dann ist er aufgestanden, hat einen Rucksack gepackt, sein Geld genommen und ist einfach gegangen. Ohne ein weiteres Wort. Als Margit später die Geschichte aufgeschrieben hat, hat sie dazugeschrieben:

Einmal noch drehte ich Pero C mariČ um und agte: Kümmere dich ordentlich um die Bude, Margit!

Das ist der Grund, weshalb Margit die Tischlerei weiterführt und sie aufsperren kann, wann sie will. Und das ist meistens um zehn. Von Pero Csmarich hat man seither nichts mehr gehört. Alle in Mjenovo wissen, dass den Tischler nicht die Sehnsucht nach fremden Hölzern, sondern die Angst in die Wehrmacht eingezogen zu werden, in die Fremde getrieben hat, aber darüber redet man nicht, weil eine Sehnsuchtsgeschichte nicht an den Krieg erinnert, und alles, was nicht an den Krieg erinnert, wohltut in manchen Zeiten.

Aber noch ist es nicht zehn, und Margit hat noch Zeit, um sich mit ihrem Häferlkaffee zu Viktorija und Hodi in den Hof zu setzen und dreinzuschauen wie sie will, ganz im Gegensatz zu Jelka, die schon auf ihrem Posten ist. Posten ist in diesem Falle ein sehr gutes Wort, denn Jelka ist die Postlerin von Mjenovo. Auch Jelka verdankt ihre Anstellung dem Krieg und der Abwesenheit der Männer. Das Postamt ist meistens am kod crikve, nur wenn Jelka nicht ganz gesund ist, dann ist es bei ihr zu Hause, in Sotbend 7a. Viele lieben es, wenn Jelka das Postamt nach Hause verlegt, denn wenn man zeitig genug hinkommt und Margit noch da ist und man, sagen wir, einen ausgefeilten Liebesbrief, eine verschönernde Nachricht nach Amerika, oder eine geharnischte Botschaft ans Amt braucht, dann kann man sich auf Margits Schreibmaschine und ihre Hilfsbereitschaft so sehr verlassen, wie auf die Tatsache, dass in allen Briefen das „s“ fehlt. Nicht nur, weil Margit einen sehr guten Schreibstil hat, bitten sie viele um das Verfassen der Briefe, sondern weil irgendwie alles, was sie schreibt, irgendwann wahr wird.

Aber an diesem Freitag geht es Jelka, trotz der Nacht mit Viktorija und Don Stipe, als einer der wenigen in Mjenovo gut. Sie sperrt pünktlich um acht Uhr zwei das Postamt auf und packt ihre Jause aus. Es ist ein dünn geschmiertes Schmalzbrot mit Zwiebeln und zu viel rotem Paprika. Vom Fenster aus beobachtet Jelka, wie der Mesner, Ferenc Karall, seine Angebetete Marica Kuzmits dabei beobachtet, wie sie, ohne sich zu bekreuzigen, an der Marienstatue vorbeigeht. „Majka Božja!“, ruft Jelka kauend die Muttergottes an und fragt sich, weshalb der blasse Mesner gerade die einzige Atheistin im Dorf lieben muss. Vielleicht, weil Marica so himmlisch ausschaut wie die einheimische Version einer Madonna, denkt Jelka. Und wie sie so nachdenkt und kaut und schluckt und kaut und schluckt und nachdenkt, fällt ihr etwas auf. Sie zwickt die Augen zusammen und schaut durchs Postamtsfenster hindurch die Marienstatue etwas genauer an. Beim letzten Bissen ihres Schmalzbrotes erkennt sie, dass die Marienstatue tatsächlich der Marica Kuzmits wie aus dem Gesicht geschnitten ist. Sogar das Detail, dass Maricas linkes Ohr weiter wegsteht als das rechte, stimmt. Jelka packt das zweite Jausenbrot aus. Es ist ein Himbeerlekvár-Brot. Die Himbeermarmelade hat Jakov mit Kren gewürzt. „Das sollte lieber der Ferenc Karall essen“, findet Jelka und patzt sich ihre postgelbe Bluse an. Sie spangerlt eine Brosche mit der Aufschrift „Andenken an Mariazell“ drüber und sortiert die in der Früh angelieferten Briefe in ihre große Posttasche hinein. Um Punkt sieben vor zehn sperrt sie die Tür zu, setzt sich aufs Fahrrad und steigt gleich wieder ab. Denn vor ihr steht Don Stipe und versperrt ihr mit einem für einen Pfarrer unangemessenen Grinsen und seinem verrostetem Schießgewehr den Weg. „Wohin so snelle, bella, auf deine söne bici? Chaben wir nicht vergessene una cosa importante? Was sag ich importante – importantissima?“ Don Stipe holt unter seiner Soutane den ersten Band der Bände hervor: „Don Camillo und Peppone“. „Du musste dich noch vorbereitene für morgen Samstag, ach, was sage ich – sabato! Jelka, nimm den Giovannino Guareschi mit nach Hause. Morgen um fünf offenbaren wir das erste Kapitel!“

Nun ist Jelka doch noch schlecht geworden vom Kater der vergangenen Nacht. Sie stopft das Buch in die Posttasche und schiebt ihr Fahrrad direkt ins Palatinwirtshaus gegenüber. „Morgen, Teta Palatin! Morgen Tetac Palatin!“, ruft Jelka nach hinten, um das Ehepaar Palatin aus seinem Himmelbett heraus und hinter die Budel zu holen und hört ein gähnendes „Dobro jutro, Jelka! Viel zu früh schon auf! Nimm dir schon einmal, was du brauchst!“ Und Jelka steigt in den Geheimgang hinunter und nimmt sich schon einmal, was sie braucht. Sie setzt sich mit einem Plutzer Weißwein und einem Grammelpogatscherl vor das Wirtshaus und fragt sich, ob der Preis, den sie für das Hendl Viktorija gezahlt hat, nicht doch zu hoch ist. Jeden Samstag um fünf Uhr szenische Lesung mit Don Stipe, und am Ende eine Theateraufführung. „Ich werde Margit bitten, die Geschichte für mich umzuschreiben.“

Am Weiterdenken hindert sie jetzt aber Marica Kuzmits, die sich zu Jelka an den Tisch setzt und von ihrem Grammelpogatscherl abbeißt. „Ich plane einen geplanten Anschlag auf die Macht der Kirche, der Großbauern und der ehemaligen Adeligen. Die jahrhundertelange Unterdrückung des Proletariats, dessen schamlose Ausbeutung und die Bindung des Kapitals an die Besitzenden – diese unerträgliche Situation muss ein Ende haben! Nur diesem schamlosen System, das die Reichen reicher und die Armen ärmer gemacht hat, ist es zu verdanken, dass Mjenovo durch die Auswanderung dezimiert wurde! Meine anarchistische Organisation, die zurzeit aus mir selber besteht, sucht noch nach Verbündeten. Was ist, Jelka, bist du dabei?“

Jelka findet, dass diese Worte aus dem Munde einer Bäuerin sehr schön und auch sehr poetisch klingen. Sie findet aber auch, dass sie mit Don Stipe und Don Camillo schon genug am Hals hat, und lehnt dankend ab. Dafür nutzt sie die Offenheit der Stunde und fragt Marica, ob ihr schon aufgefallen ist, dass sie eine sehr starke Ähnlichkeit mit der Marienstatue hat. „Erinnere mich nicht daran!", erinnert sich Marica. „Es ist schon erstaunlich, dass das keinem früher aufgefallen ist. Weißt du noch, als vor ein paar Jahren Don Stipe vor Ostern nicht nur das Kruzifix in der Kirche, sondern auch die Marienstatue mit dem violettenen Tuch verhüllt hat? Und in der Messe behauptet hat 'neue Weisung aus Rom'? Das war gelogen! Und wieder ein Beweis für die korrumpierte Moral der sich stets bereichernden Kirche!"

Dass Marica selbst in die Geschichte mit der Marienstatue verwickelt war, sieht sie nicht so streng katholisch. Immerhin ist ihr Hausname Sveti, obwohl heilig das letzte ist, was sie als Anarchistin und Atheistin sein will. Na jedenfalls war es so mit der Marienstatue, dass Marica eines Nachts in einer geheimen Geheimaktion die Marienstatue neu, also zusätzlich beschriften wollte, mit der feministischen Farbe violett. Sie stand also vor der Statue und pinselte gerade den Satz „1948 Jahre Unterdrückung sind genug! Maria, befreie dich aus der Mutterrolle!" auf die Säule. In dem Augenblick, als Marica gerade das Zeichen ♀ auf Madonnas Mantel malen wollte, knatterte Don Stipe auf seinem Motorrad von Richtung Filež den Hügel herauf, zum einen mit einem ordentlichen Karacho, zum anderen mit einem ordentlichen Rausch, er sah die in einen Umhang gehüllte Marica bei der Statue stehen, glaubte an eine Marienerscheinung und fuhr, vollkommen erstarrt, geradeaus und direkt auf beide zu. Marica sprang auf die Seite, die Jungfrau Maria konnte nicht ausweichen, das Moped flog, der Pfarrer auch und der Kopf der Maria rollte den Hügel Richtung Filež hinunter.

Um weiteres Köpferollen zu vermeiden, holten sie zuerst das abgeschlagene Haupt der Madonna aus dem Bachbett und versteckten es hinter der Monstranz im Tabernakel. Dann hatte Don Stipe die Idee mit der Verhüllung der restlichen Statue durch ein violettenes Tuch, was Marica als feministisches Zeichen von Gott deutete und gut hieß. Nach ein paar Litern Wein und einer kreativen Krisensitzung in der Sakristei kam Don Stipe die Idee, dass Marica für die neue Madonna Modell sitzen könnte, und zwar einem ungarischen Bildhauer gleich hinter der Grenze, den Don Stipe noch von früher her kannte. Von bevor man die neuen Grenzen erfunden hatte. Der ungarische Bildhauer wurde von da an jede Nacht herüber geschmuggelt, um aus Marica eine Heilige zu machen. Das nächtliche Hämmern und Stemmen hörte keiner in Mjenovo, weil es im unterirdischen Geheimgang stattfand, der die Kirche mit den Wirtshäusern verbindet.

„Das ist die Geschichte von der Marienstatue. Und als man sie am Karsamstag gemeinsam mit dem Kruzifix enthüllt hat, haben sich alle nur darüber gewundert, wie verändert die Dinge aussehen, wenn man sie ein paar Wochen lang nicht sieht." Marica holt noch ein Grammelpogatscherl aus dem Geheimgang und sagt zu Jelka: „Und jetzt weißt du auch, warum ich mich nicht vor der Madonna bekreuzigen kann. Erstens, weil ich sowieso Atheistin bin und zweitens, weil sich vor sich selbst bekreuzigen Gotteslästerung ist. Was ist, Jelka, machst du immer noch nicht mit?" Als Jelka gerade noch einmal nein sagen will, sieht sie, wie der Mesner Ferenc Karall aus der Kirche schleicht und sich zu Marica herübersehnt. Schleichen ist bei Ferenc Karall vielleicht nicht das richtige Wort, denn er ist mit einem Holzbein aus dem Krieg zurückgekehrt, sein rechter Unterschenkel ist irgendwo in Russland geblieben. „Warum fragst du eigentlich nicht den Ferenc Karall, der sich gerade aus der Kirche schleicht und sich zu dir herübersehnt? Obwohl schleichen bei Ferenc Karall vielleicht nicht das richtige Wort ist", sagt Jelka, worauf Marica ihr zuerst mehrfach den Vogel deutet, um dann doch hinüberzuschreien: „Hodi, Ferenc, hodi! Dein Grammelpogatscherl wird kalt!"

Das ist der Augenblick, in dem Jelka die günstige Gelegenheit wahrnimmt, um sich aufs Fahrrad zu schwingen und die Szenerie mit wehendem Kittel zu verlassen. Jakov schreit ihr noch nach: „Wie hat dir der Erdäpfelstrudel geschmeckt?" Aber Jelka tut so, als hätte sie nichts gehört und fährt weiter.

Sie hört auch nicht, dass Margit ihr aus der Tischlerei heraus nachruft, so schnell ist sie auf ihrem roten Fahrrad. „Jelka ist so schnell auf ihrem roten Fahrrad", sagt Margit nicht nur zu sich selbst, sondern auch zu Viktorija und Hodi, die ihr in die Mariengasse gefolgt sind und jetzt zwischen den Brettern und Möbelstücken herumstehen und ihr Gesellschaft leisten. In der Bude stehen fünf halbfertige, besonders stabile Tische für Jakovs Wirtshaus, denn sein halbes Inventar ist bei der letzten großen Schlägerei den Weg alles Irdischen gegangen. Auf diesem Weg nahmen die Möbelstücke auch ein paar Gehirnerschütterungen, einen gebrochenen Finger und vier blaue Augen mit. Der Eindruck, der so entstehen könnte, dass in Mjenovo über die Maßen gerauft wird, ist vollkommen falsch. Das passiert nämlich nur einmal im Monat, und zwar bei Vollmond. Zu jedem Vollmond wird aus diesem Grunde auch das besatzerfreie Hinterzimmer eines anderen Wirtshauses besucht, das hat man sich so ausgemacht in Mjenovo. Margits Aufträge ergeben sich aber nicht nur aus der unkontrollierbaren und übermächtigen Natur, sie ist bekannt für ihren Geschmack, was die Entwürfe von Gartenzäunen, Sitzbankerln und Schemel angeht. Daran arbeitet sie gerne zwischendurch, wenn sie von Wirtshaustischen und Himmelbetten eine Pause braucht. Die Gartenzäune, Sitzbankerl und Schemel haben sie so berühmt gemacht, dass sogar Leute aus Klimpuh oder der Hauptstadt Željezno nach Mjenovo kommen, um sie anzuschauen und später einmal nachzumachen, denn zum Kaufen fehlt allen das Geld. Die Möglichkeit aber an die Möglichkeit zu denken, dass man sich eines Tages um verschwenderische Dinge wie Gartenzäune, Sitzbankerl oder Schemel kümmern kann, tröstet und erzählt von einem Leben, in dem der Krieg fern und es ein mit Nebensächlichkeiten bereichertes Leben gibt.

Gerade eben arbeitet Margit an einem Geburtstagsgeschenk für sich selber, es ist eine neue Leiter für den Birnbaum im Garten. Damit sie um zwei Uhr nachmittags ohne Mühe hinaufsteigen kann. Damit sie ohne Mühe so tun kann, als würde ihre Staramajka noch immer auf sie warten und in die blaue Ferne schauen. Die Leiter hat acht Sprossen. Eine für die Großmutter, eine für den Großvater, eine für die Mutter und eine für den Vater, für ihre Brüder je eine, und zum Schluss eine für Jelka und ihre eigene Sprosse. Jede ist aus einem anderen Holz gemacht. Jede ist beschriftet. Auf der letzten Sprosse steht „Finis terrae, nur ohne Meer“.

Margit erinnert sich an ihren Opapa. Esel haben eine blühende Phantasie. Es gibt es, das Moor des ewigen Gestankes.

Während Margit Worte in ihre Familien-Leiter schnitzt, weil sie keine Photos hat, die sie in ein Album picken und mit schnörkseligen Untertiteln versehen kann, radelt Jelka mit ihrer großen Posttasche durch Mjenovo und die Nachbarortschaft Filež und erradelt sich dabei einen wohlverdienten Hunger auf ein ordentliches Mittagessen, wie sie findet, einen Hunger, den sie um zwei mit Margit auf dem Birnbaum stillen wird. Denn seit Margits Staramajka gestorben ist, picknicken die zwei Freundinnen freitags gemeinsam auf dem Birnbaum. Und weil die Zeit des Erdäpfelstrudels endlich vorüber ist und sie von diesem Tag an ausgedachtes Blunzengröstl essen werden, radelt Jelka schneller als sonst und lässt sich in den Häusern weniger oft aufhalten bei einem kurzen Häferlkaffee oder einem Schluck von irgendwas. Denn die Vorfreude ist der schnellste Beschleuniger der Welt.

Während also Margit an ihrer Vergangenheit schnitzt und Jelka an das Blunzengröstl denkt, während Jakov und Don Stipe gemeinsam verkochten Erdäpfelstrudel zu Mittag essen, während Marica Kuzmits den vor Liebe und Verzweiflung in sich selbst zerfließenden Ferenc Karall beim dem Russen abgetrotzten Weißwein dazu überredet, sich ihrer feministisch-atheistisch-anarchistischen Organisation anzuschließen, während Jakovs Vater, Stari Jakov, auf seiner schmerzhaften Reise des Vergessens in einem vom Krieg traumatisierten Spanien angelangt ist, unter einer Pappel sitzt und seine und Sveta Buborčicas Initialen in die Rinde ritzt, während also all das gleichzeitig passiert, bleibt unverändert und so lautlos wie der Augenblick, wenn der Tod sich in den Rahmen einer Zimmertür stellt, das Ende der Welt.

Das Ende der Welt hinter Mjenovo dehnt sich aus wie das Meer an allen Küstenpunkten der Erde, die sich finis terrae, Fisterra, Finistère oder Land's End nennen. Ob jemand jemals über den Rand hinausgestiegen ist, um durch das schwarzblaue Schwarzblau zu gehen und das schwachfunkelnde Glitzern zu berühren, wissen nur die, die es gesehen haben oder selber ausprobiert. Ob außer Jelka und Margit noch irgendjemand aus Mjenovo und Umgebung zufällig über den Rand der Welt geschaut hat, weiß wohl am ehesten Hodi, der Esel. Der aber stolziert durch seine pittoreske Traumwelt, mit einem gelben Löwenzahn im Maul und schaut entrückt, so als ob er für ein Photo posieren würde, für eine Ansichtskarte aus Mjenovo. „Grüße aus Kroatisch Minihof", links und rechts von Hodi stehen Jelka und Margit, eine mit Dudelsack, die andere mit Tamburizza, aber beide mit rosenroten

Pelargonien im Haar, zwischen seinen Vorderbeinen steht, mit stolzgeschwellter Hendlbrust, Viktorija, eine rotkarierte Schleife um den Hals. Obwohl, einem Esel mit ausgeprägtem Hang zu Kitsch und Pose soll man nur in Vollmondnächten Glauben schenken. Das pflegte Margits Stariotac zu erzählen, und zwar zu jedem Vollmond, vor jedem Vollmond und nach jedem Vollmond. „Ein Esel, Margit, ein Esel ist nicht nur schöner als jedes andere Tier auf der Welt, er besitzt auch die prächtigste Phantasie! Du kannst davon ausgehen, dass ein Esel, der regungslos herumsteht, keineswegs dabei ist störrisch zu sein, nein, er denkt nach! Nur Esel, die nichts von Eseln verstehen, reden ständig von ihrer Sturheit." Und dann erzählte Stariotac zu jedem Vollmond, vor jedem Vollmond und nach jedem Vollmond von seinem eigenen Esel, der sein bester Freund, als er noch lange kein Opapa war.

Opapas Freund aus den 1870er Jahren hieß Eselsándor, weil er ihm diesen Namen gegeben hatte, genannt nach sich selber, denn auch Margits Stariotac hieß nicht immer Stariotac oder Opapa, sondern Sándor. Sándor und Eselsándor wurden Freunde, weil Sándor das letzte von sieben Kindern und ein Nachzügler war und weil Eselsándor schon immer ein Herz für Allzugutgläubige, Einwenigeinsame und Träumer mit sehr erstauntem Blick hatte. Ein Sándor war dem anderen der beste Freund. Die Freundschaft der beiden bestand hauptsächlich daraus, dass sie schweigend nebeneinander saßen, herumstanden oder hergingen. Beide suchten die Nähe des anderen, um im Schatten eines Sándors rasten zu können. Um außer sie selbst nur sie selbst sein zu müssen. „Oft genug im Leben muss man der sein, der man sein soll“, sagte Sándor, als er schon Margits Opapa war, und seine Frau fragte er: „Meinst du, dass wir diesen Satz in ein Tuch sticken sollen und über dem Tisch aufhängen? Mit Zierleiste aus Pelargonien in Rosenrot?“ Und Staramajka lachte. Jedesmal.

Weil Eselsándor der Esel der Familie war, musste er den mit der Ernte vollbepackten Karren ziehen, den Pflug und alles, was ein Esel sonst noch tragen und ertragen musste in seinem Leben im ausgehenden neunzehnten Jahrhundert. Im Sommer, wenn auf dem Feld am meisten zu tun war, war Sándor immer mit draußen, selbst als er noch nicht mithelfen musste, weil er dafür noch zu klein war. Der nochzukleine Sándor fand, dass sein Freund nicht so viel tragen und ziehen sollte und dass er überhaupt nur mit ihm im Schatten eines Birnbaums rasten sollte, um Himbeeren zu essen und die Luft anzuschauen. Und deshalb ging Sándor an des Esels Seite, um ihm beim Ziehen und Tragen zu helfen. Er schob den Karren an und trug selber so viel, wie er nur konnte, um seinem Freund die Last zu erleichtern. Im Gegenzug begleitete Eselsándor ihn im Herbst und im Winter in die Schule und holte ihn auch überpünktlich wieder ab. Sándor sah ihn schon eine halbe Stunde vor Unterrichtsende vor dem Haus stehen und warten. Er zwinkerte ihm zu und verdrehte die Augen Richtung Lehrer. „Ich zwinkerte ihm zu und verdrehte die Augen Richtung Lehrer, denn der war nicht so lieb wie die Missis, Margit! Majka Božja, das kannst du dir nicht vorstellen. Wenn er uns besonders grob geohrfeigt und gezogen hat, sind wir immer zu seinem Haus und Eselsándor hat direkt vor seine Haustür. Aber wie! Das hat gestunken wie der Weltuntergang." An dieser Stelle stellte sich Margit stets den Weltuntergang vor wie das Moor des ewigen Gestankes, aus dem nur mehr ein garstiger Lehrerkopf herausragt. Stariotac musste genau diese Stelle immer und immer wieder erzählen, weil sich Margit daran nicht satthören und fertiglachen konnte.

„Hör zu! Esel lieben alles, was kitschig ist, sie sind Meister der Übertreibung, große Romantiker, Esel verehren das, was man bei uns Csiricsári nennt. Bunt muss es sein, am besten glitzern und funkeln, und wenn irgendwo eine Rose oder ein Herz drauf ist, dann sind sie sowieso schon hoffnungslos verloren! Besonders in Vollmondnächten muss man ihre Nähe suchen, dann sieht man an ihrer Seite die Wahrheit. Wie oft bin ich an Sándors Seite Richtung Mond gegangen, bis wir am Horizont stehen geblieben sind und einfach nur auf den Sonnenaufgang gewartet haben."

Margit glaubte alles, was ihr Stariotac über Esel, Vollmondnächte und das Indenhorizontschauen erzählt hat. Sie glaubte auch die Geschichte von dem Tag, an dem der Sockel ihres Hauses blau gestrichen wurde. An einem Morgen nach einer vollmonddurchwachten Nacht haben Sándor und Eselsándor, als sie hinter dem Hof des Greißlers vorbeigingen, blaue Farbe gestohlen. Sándor hat, angeblich auf Drängen des Esels, dessen Schwanz in die Farbe getaucht und sich selber und den Esel auf den Sockel gemalt. So sah dann Margits Urgroßvater am Morgen zwei Gestalten und einen Mond auf seiner Hausmauer. Auf die grimmigen Fragen seines Vaters antwortete Sándor immer wieder, nein, nein, er sei es sicher nicht gewesen, sicher nicht. Die noch verbliebene Farbe am Schwanz des Esels und das Blau auf Sándors Händen waren dann aber doch verräterischer, als ein Zehnjähriger vermutet hätte. Und der Kübel, den die beiden hinter dem Nussbaum vor dem Haus versteckt hatten, half auch nicht gerade beim Leugnen der künstlerischen Tat. Wie Sándors Vater die Schuld beim Greißler beglich, daran konnte sich Sándor nicht mehr erinnern. Doch seit jenem Morgen strich man bei ihm zu Hause den Sockel des Hauses in der Farbe Blau, zuerst, um die Silhouetten der Übeltäter zu übermalen, und später aus Gewohnheit.

Margit schnitzt das „r“ in die Aufschrift „Finis terrae, nur ohne Meer“ und erinnert sich an die weitblickenden Geschichten ihres Stariotac. Sie lehnt die Leiter an den Arbeitstisch, und als sie etwas zurücktritt, um sich ihre Arbeit mit wohlwollendem Blick anzuschauen, stößt sie mit ihrem Rücken an etwas Weiches, Graues, Wunderschönes. Und da begreift sie, so viele Jahre nachdem ihr Opapa vor dem Haus zusammengebrochen war, dass auch Sándor am Rand der Welt gestanden ist, mit seinem Esel Eselsándor. Sie versteht, dass das, was er Horizont genannt hatte, die Stelle hinter dem Rübenacker links ist. Sie dreht sich nach Hodi um, der immer noch hinter ihr steht, und streichelt mit ihren groben Tischlerhänden seinen Hals, seinen Rücken mit dem schwammig gezeichneten Kreuz. Sie legt ihre Arme um seinen Hals und spürt seinen Herzschlag, sieht ihren Stariotac, als er noch der kleine Sándor war und versteht, dass die Geschichten, die er ihr erzählt hat, wahr gewesen sind, irgendwie. „An der Seite von Eseln sieht man in Vollmondnächten die Wahrheit“, hat er gesagt. „Das ist die Wahrheit“, hat er gesagt. Wenn ihr Stariotac wirklich die Wahrheit gesagt hatte, dann konnte vielleicht auch sie an der Seite eines Esels die sein, die sie war. Anstelle einer Antwort erleichtert sich Hodi, ohne den lieblichen Blick abzuwenden, und Margit erinnert sich an das Moor des ewigen Gestankes. „Na hodi, Hodi“, sagt Margit und sie verlassen die Tischlerei, die Leiter und die Äpfel, die darunter liegen.

Margit Szabo schreibt auf, wie das Ende der Welt aussieht. Ein Horizont braucht einen Esel. Die Schreibmaschine braucht ein „s".

Da Ende der Welt i t o, al ob irgendjemand mit einem tumpfen Me er die Erde in einer un charfen Linie abge chnitten hätte. Wenn man nicht aufpa t und in die Luft chaut, kann man ganz leicht hinunterfallen. Ob da chon einmal ge chehen i t, weiß ich leider nicht. Aber damit kein Unglück pa iert, etzt man ich am be ten an den Rand und lä t die Beine hinunterhängen. Dann lehnt man ich zurück und chaut in da Nicht .

Da i t in meinen Augen der inn vom Rande der Welt. Im in Nicht   chauen kann man ich ganz leicht verlieren und tunden um tunden damit verbringen ich vom Glitzern, vom chwarzblau und von den kauenden Geräu chen de E el wegtragen zu la en. Am Ende i t man dann ganz angefüllt mit der chön ten und größten Leere, die e einem erlaubt ohne die fe tge etzte Traurigkeit nach Mjenovo zurückzukehren. Man kann die ich fe tge etzte Traurigkeit tat äch-

lich zurückla en, indem man den Blick
in die Ferne richtet. Da haben Jelka
und ich begriffen, al wir im Alter von
elf Jahren, ganz zufällig dort angekom-
men ind, wohin viele ich ein Leben
lang ehnen. Man kann o da Fernweh
nach den Eltern in Amerika tillen,
ganz einfach, mit einem verlorenen
Blick in chwarzblaue Meer. Man kann
ehen, wie der tariotac den ockel
doch noch fertig treicht und den Krug
mit Weißwein au trinkt bi zum letzten
Tropfen. Und dann kann man gemein am in
die pei ekammer gehen und den Geburt -
tag kuchen von unten her anbeißen, o
da am näch ten Tag niemand etwa
davon bemerkt. Wenn man genug ge chaut
hat, kann man nach Mjenovo zurückkehren,
till und leer und zufrieden, o wie der
Augenblick, wenn der Tod ich lautlo
in den Rahmen einer Zimmertür tellt.
Wenn man an da Ende der Welt kommt,
könnte man denken, da etwa Großarti-
ge ge chehen wird. Da man da Uni-
ver um ver teht, oder den inn der Welt
und de eigenen Leben erkennt. Da man
ein be erer Men ch wird. Oder eine
Heilige. Und dann bemerkt man, da alle
bleibt, wie e war. Naja, nicht ganz.

Denn die Traurigkeit und die Erlebni -
 e, die man auch auf einer chreib-
ma chine nicht korrigieren kann, die
darf man in da   hwarzblau ver enken
und dortla en. Am be ten gemein am mit
Jelka.

Marica Kuzmits und Ferenc Karall gründen eine insgeheime Geheimorganisation. Ein Gewitter kommt auf. Margit weigert sich, eine Geschichte zu verändern.

Die wandelnde Marienstatue Marica Kuzmits und ihr Verehrer, der deutlich weniger lebhafte und hinkende Mesner, Ferenc Karall, verlassen den Platz vor dem Palatinwirtshaus, schon etwas von Wein und Grammelpogatscherln angeschlagen, und peilen in kunstvoll gewundenen Schlangenlinien Maricas Hof an. Ferenc, der von Marica seit zwei Stunden Feri genannt wird, bekreuzigt sich beim Vorbeigehen vor der echten Marienstatue, Marica verpasst ihm eine Kopfnuss, die er sich nicht verdient hat, wie er findet. Denn außer Don Stipe, Marica, dem ungarischen Bildhauer und Jelka weiß niemand, dass die Madonna nach einem sehr lebendigen atheistischen Vorbild geschaffen wurde. Ferenc ist also nicht unter den Eingeweihten. Es ist aber eine für ihre Verhältnisse vergleichsweise zärtliche Kopfnuss. Eher ein sanftes mit den Fingerknöcheln über den Feri-Kopf streichen, denn eine ordentliche, lange nachbrennende Nuss. Die Minihofer, die ganz zufällig aus dem Fenster schauen und die Szene beobachten, erzählen später im Hinterzimmer des Wirtshauses, dass es wie eine innige Liebkosung ausgesehen hat. Zumal man bedenken muss, dass

Marica eher für ihre Scharfzüngigkeit denn für ihre Sanftmütigkeit bekannt ist. So empfindet es auch Feri, er ist ganz gerührt von Maricas liebevoller Annäherung.

Er folgt ihr in den Heustadl. Nicht, dass Marica sich nicht traut, Feri ins Haus mitzunehmen, es ist ja gar keiner da, aber sie findet, dass konspirative Treffen entweder in einem Heustadl oder in einem Weinkeller stattfinden müssen. Weinkeller besitzt sie zu ihrem Bedauern keinen, Wein hat sie schon, von früher, vergraben im Garten hinter dem Stadl, in ausreichenden Mengen sogar und allen Farben, und weil sich an diesem Tag zum ersten Mal der heiße Sommer wie eine in vielen Stunden und ohne Eile bestickte samtene Decke über das Dorf gelegt hat, trinken Marica und Feri kühlenden Weißwein im Heustadl. Marica setzt sich auf einen Schemel, lässt die Hosenträger schnalzen, Feri beneidet die blaue Arbeitshose, die Maricas anarchistische Schenkel verhüllen, er setzt sich zu ihren Füßen und tut so, als ob er ihr zuhören würde. „Unser Ziel ist die Befreiung der Frauen vom Joch des Mannes, die Erlösung der Gläubigen vom Joch der Kirche und das Aufbrechen der Klasse der Besitzenden zugunsten der Besitzlosen. Was seit Jahrhunderten das Volk unterdrückt, muss gesprengt, was unserem Denken Schranken auferlegt, muss beseitigt, was die Gesellschaft unfrei macht, muss aufgespürt und aufgedeckt werden!“

Marica sucht Zustimmung und revolutionäre Gesinnung in Feris Augen, sieht aber nur seinen selig betrunkenen, inbrünstigen Blick. Sie beschließt, die Hoffnung nicht aufzugeben und die Stimmung mehr anzuheizen, holt mehr Weißwein aus dem Garten und dazu eilig hauchdünn geschmierte Schmalzbrote mit Schnittlauch. „Feri! Ach, Feri, es muss doch noch mehr geben, als das, was uns von den Reichen und Mächtigen diktiert wird! Wir müssen unser Schicksal selber in die Hand nehmen, die Welt verändern, um eine bessere aus ihr zu machen!" Feri möchte Marica eigentlich nur das Brot aus der Hand nehmen, um sie zur Seinen zu machen, dafür ist er aber noch nicht betrunken genug. Er tut so, als würde er an ihren Lippen hängen, was ja auch wirklich der Fall ist, und nickt mehrfach zustimmend, auch an den falschen Stellen. Feri findet, dass er tatsächlich und mit glühender Begeisterung an Veränderung interessiert ist, und zwar an der, die Marica vom Joch ihrer Hosenträger befreit, um seine Liebeswelt nachhaltig zu verändern. Die Hosenträgerträgerin gibt sich weiter kämpferisch und ihre Mission nicht auf, schluckt einen großen Bissen Brot hinunter und kommt, mit Schnittlauch zwischen den Schneidezähnen, zum nächsten Punkt.

„Wir brauchen einen Namen, Feri. Jede Organisation braucht einen Namen, vor allem, wenn sie geheim ist. Das stärkt die Solidarität der Gruppe. Was hältst du von ‚Mjenovos anarchistisch-feministisch-atheistische Schwestern?', kurz MAFASCH!" Marica ist von der Namensfindung begeistert, wertet Feris beständiges Nicken als Zustimmung und beschließt einstimmig den Namen der Liga. Die geheimen Mitglieder besiegeln ihren insgeheimen Bund mit einem schwesterlichen Kuss, der sich unter Einfluss des Weißweines weniger schwesterlich entwickelt, als Marica beabsichtigt hat. Sie denkt sich: „Lang leben die Anarchie, die Frauen und das, was mir Spaß macht!", und erfährt am eigenen Leib, dass Feri zwar den Namen eines Heiligen trägt, dass er mit der Keuschheit des Franz von Assisi ansonsten aber gar nichts gemein hat. Feri durchlebt die Qualen und Glücksgefühle eines Zerrissenen. Zum einen erinnert ihn Marica an die Madonna von vor der Kirche, also gibt er sich im weiteren Sinne der Blasphemie hin, zum anderen schenkt ihm die leibhaftige Maria die himmlischsten der irdischen Freuden. Während er sich ihren Hals entlangküsst, ist er noch etwas vom Gedanken an das Jüngste Gericht abgelenkt. „Mesner und Gründungsmitglied einer atheistischen Liga in einem, Himmelvater steh mir bei!" Als er an Maricas Schulter angelangt ist, hat ihm der Himmelvater schon die Absolution erteilt und die Muttergottes gebeten, Feri beizustehen. „Lang leben Gott im Himmel, seine schöne Mutter und ihr Ebenbild auf Erden!", seufzt er in die warme Schulter der Marica hinein. Und vergisst von da an, ein Zerrissener zu sein. In diesem Augenblick zerbricht auch etwas in Marica. Es ist der Widerstand in ihr, den am wenigsten schneidigen Mann im Dorf zu begehren, der als erster in die Kirche kommt und als letzter geht. Der am Kirtag noch nie eine Rose geschossen hat. Der keine Haare auf der Brust hat, dafür aber Haut weiß wie Schnee. Der nach der Kirche nicht ins Hinterzimmer vom Wirtshaus geht, nicht Schnapsen kann und sich bei Gewittern in die Sakristei flüchtet. Der aus dem Krieg mit einem rechten Holzbein nach Hause gekommen ist und jetzt keine Arbeit mehr bekommt als die des Mesners. Dieser am wenigsten schneidige Mann von Mjenovo, das erkennt Marica an diesem heißen Freitagnachmittag, ist gleichzeitig der gesegnetste Liebhaber. Während sie darüber nachdenkt, wie es nun weitergehen soll, zum einen mit MAFASCH, zum anderen mit Feri, während Feri in einen Schlaf des Gerechten fällt und diesen mit einem zarten Schnarchen unterstreicht, während Marica überlegt, ob sie aus Dankbarkeit über die Leidenschaft, über die sie zufällig gestolpert ist, in der Kirche ein Kerzerl anzünden soll, oder lieber zwei, zieht über Mjenovo ein Gewitter auf, wie man es nie zuvor erlebt hat. Und mit dem ersten Blitz, der direkt auf dem Kirchenplatz einschlägt, setzt sich in Marica ein beunruhigender Gedanke fest.

Sie zieht ihre Arbeiterhose an und vergisst die Hosenträger schnalzen zu lassen, sie wirft einen Blick auf den schlafenden Ferenc, der sich beim ersten Donnergrollen nur auf die andere Seite dreht, ohne dabei aufzuwachen, sie lässt ihre Schuhe stehen und geht in das Unwetter hinaus. Von Mjenovo ist nichts mehr zu sehen. Die Regentropfen fallen schnell und schwer und so dicht aneinandergeschmiegt, dass dazwischen kein Freiraum bleibt. Wo noch vor wenigen Augenblicken Hühner und Gänse über die sommerlich-staubige Gospodarova ulica, die Herrengasse spaziert sind, sieht man niemanden mehr. Marica geht knöcheltief durch Regenwasser und ist dankbar dafür, dass sie diesen Weg in mondlos-schwarzen Nächten nach dem einen oder anderen Wirtshausbesuch oft genug gegangen ist. Bei jedem Blitz, der sich mächtig über der Ortschaft aufbaut, kurz innehält, um mit Gewalt niederzugehen, erkennt sie zumindest die Umrisse der Häuser. Sie überquert die Glavna ulica, die Hauptstraße, geht hinter der Kirche vorbei, in der sie Don Stipe voller Inbrunst etwas deklamieren hört, und biegt in die Marijina ulica, die Mariengasse, ein. Bevor sie an die Tür der Tischlerei klopft, schaut sie durchs Fenster und sieht, wie ein Esel, auf dessen Rücken ein Hendl sitzt, neben dem Tisch steht und Margit beim Arbeiten zuschaut. Es ist allerdings kein Hobel, den Margit bedient, sondern die Schreibmaschine der Missis. Neben Margit liegt ein Stapel Papier. Ob es am dichten Regen oder an diesem verwirrenden Freitagnachmittag liegt, will Marica gar nicht so genau wissen, aber irgendwie sieht es so aus, als ob der Esel lesen würde. Sie tritt ein. Auf dem Tisch ist eine Jause für zwei gerichtet. „Setz dich, Marica“, sagt Margit, und zieht den Bogen aus der Schreibmaschine. „Ich habe eine Jause gerichtet. Auf dem Sessel da drüben liegt ein Handtuch und trockene Sachen habe ich auch für dich.“

Marica weiß nicht, ob sie wütend oder verzweifelt oder beides sein soll und schreit Margit an: „Du warst das! Du hast das geschrieben! Es ist gar nicht wirklich passiert! Warum hast du das getan? Ich habe dich nicht darum gebeten!“ Und sie geht zu dem Stapel mit vollgeschriebenen Seiten und liest, während Tränen und Regentropfen über ihren Körper rinnen und in der Tischlerei eine mutlose Lacke der Enttäuschung bilden.

Die wandelnde Marien tatue Marica Kuzmit und ihr Verehrer, der deutlich weniger lebhafte Me ner, Ferenc Karall, verla en den Platz vor dem Palatinwirt hau , chon etwa von Wein und Grammelpogat cherln ange chlagen, und peilen in kun tvoll gewundenen chlangenlinien Marica Hof an. Ferenc, der von Marica eit zwei tunden Feri genannt wird, bekreuzigt ich beim Vorbeigehen vor der echten Marien tatue, Marica verpa t ihm eine Kopfnu , die er ich nicht verdient hat, wie er findet.

Marica steht in der traurigsten Tränenlacke, die man je gesehen hat und schaut Margit Szabo fassungslos an. Sie lässt sich nicht abtrocknen mit dem bereitgelegten Handtuch, sie lässt sich nicht dazu überreden das trockene Gewand anzuziehen. Sie setzt sich zum Tisch und rührt nicht einmal den Striezel an, obwohl er ohne Rosinen ist. So ähnlich wie in diesem Augenblick hat Marica der schmerzerfüllten Marienstatue noch nie geschaut. Und still ist es. Man hört nur den immer noch heftig fallenden Regen und ein sich immer weiter entfernendes Donnergrollen.

Selbst Hodi und Viktorija fällt nicht ein, wie sie in dieser Situation angemessen posieren sollen. So unerträglich wird die raumgreifende Betretenheit mit den langsam verstreichenden Minuten, dass schließlich das Hendl doch verhalten in die Stille hineingackert. Ein angemessenes und kaum hörbares, aber doch eindeutiges Hineingackern. Marica lässt sich nun doch von Margit abtrocknen und umziehen. „Warum, Margit, warum hast du das getan? Warum denkst du, du kannst meine Geschichte erzählen? Wie soll ich jetzt wissen, ob das alles passiert wäre, wenn du nicht mit deiner Schreibmaschine hineingepfuscht hättest in mein Leben?“ Maricas Tränen fallen auf den Striezel. Viktorija gackert leise. Hodi schaut verlegen. Marica schluchzt. Margit Szabo ist untröstlich.

„Und wie hast du dir vorgestellt, dass die Geschichte weitergeht, wenn Ferenc aufwacht? Wird er sich verlegen winden, fluchtartig hinkend den Hof verlassen und in der Kirche einen Rosenkranz nach dem anderen beten und seinen Gott um Vergebung bitten? Wird er nie mit mir die Welt verbessern wollen?"

Die untröstliche Margit holt den Stapel Papier und legt ihn vor Marica Kuzmits auf den Tisch. „Es tut mir leid, es tut mir leid, Marica. Es stimmt, dass ich geschrieben habe, dass ihr gemeinsam zu dir nach Hause geht. Aber von der Sache mit der Weltverbesserung weiß ich nichts, damit habe ich nichts zu tun, ich schwöre! Es stimmt, dass ich die Geschichte weiterschreiben wollte, aber dann sind Hodi und Viktorija gekommen, und haben mich abgelenkt und außerdem musste ich noch eine andere Geschichte schreiben." Hodi und Viktorija werfen sich in eine teils eingebildete, teils zustimmende Pose und nicken. „Und warum hast du dann schon ein Handtuch und trockene Sachen in der Werkstatt gehabt? Woran hast du denn geschrieben, als ich hereingekommen bin?"

Die Tür geht auf und eine bis auf die karierte Untergadje nasse Jelka schnauft herein, mit Fahrrad selbstverständlich. „Servus Margit! Bist du fertig geworden?" Erst als sie sich den Regen aus dem Gesicht wischt, sieht sie Marica. „Grüß dich Marica! Na, wie geht's den Minihofer Anarchisten?

Und warum hast du meine Sachen an?“ Jelka setzt sich zum Tisch und bricht vom Striezel ein riesiges Stück ab. Sie isst und isst und isst noch eines und bemerkt erst beim vierten Stück, dass alle anderen im Raum sie schweigend anschauen. „Wach ich los? Hab ich wach verchäumt?“ Margit reicht ihr eine ihrer Arbeitshosen und ein Hemd dazu, das ihr ein bisschen zu eng ist. „Hacht du die Gechichte mit Don Chtipe und Don Camillo umgechrieben?“ Margit geht zum Papierstapel, zerreißt ein paar Seiten und sagt: „Nein, ich kann dir den Samstagnachmittag nicht ersparen. Du wirst schon hingehen müssen.“

Jetzt nimmt sich auch Marica endlich ein Stück vom Striezel, küsst Margit Szabo erleichtert auf die Wange und verlässt lächelnd die Tischlerei in Richtung Heustadl. Auf dem Weg begegnet sie Jakov, dem glücklosen Koch, und denkt sich, dass ihm Jelka in dem etwas zu engen Hemd noch besser gefallen wird als sonst schon. Sie geht durch die kotigen Gassen, hinter der Kirche vorbei, die Gospodarova ulica entlang, über ihren Hof, reißt die Tür vom Heustadl auf und findet – niemanden. Ferenc Karall, Gründungsmitglied von MAFASCH, Herzeroberer der Marica Kuzmits, Rosenkranzvorbeter der ersten Stunde, ist verschwunden. So viel Anarchie ist selbst für Marica zu viel, Mutlosigkeit und Zorn überkommen sie. Sie möchte langsam über den Hof gehen, sich auf die Ofenbank legen und nie wieder, nie wieder aufwachen. „Ich möchte langsam über den Hof gehen, mich auf deine Ofenbank legen und nie wieder, nie wieder aufwachen." – Mitten auf Maricas Hof steht, verzagt, halbnackt, holzbeinig und weiß wie Schnee Ferenc Karall. Echo ihrer eigenen Gedanken.

Die Nacht von Freitag auf Samstag

Margit und Jelka reden nichts miteinander. Jelka streicht Schmalzbrote. Charles Trenet singt „La mer".

Ein eitler Esel, ein leise gackerndes Hendl, eine zerknirschte Margit Szabo und eine angefressene Jelka mit Fahrrad an der Spitze gehen die Marijina ulica entlang. Der wortlose Gänsemarsch zieht sich bis nach Sotbend 7, wo sich die Truppe teilt. Jelka mit Fahrrad und Viktorija gehen grußlos in die Tür von Sotbend 7a, Margit Szabo und Hodi treten wehmütig durch die Tür von Sotbend 7b. Es muss ungefähr sieben Uhr am Freitagnachmittag sein. Ganz genau weiß man das nicht, weil Ferenc Karall zum ersten Mal in seinem Leben vergisst, die Glocken zur Abendmesse zu läuten, weshalb Don Stipe ziemlich lange warten muss, bis die Kirchgänger endlich in den Reihen Platz nehmen. Und das, wo er doch heute so ungeduldig ist, weil er zum ersten Mal in seine Predigt ganz geschickt und unauffällig sein erstes Gedicht einbauen möchte.

Die Uhrzeit ist Margit Szabo und Jelka völlig egal. Der gemeinsame Hof trennt sie an diesem Abend, so wie er sie zuvor geeint hat. Nur Hodi und Viktorija werfen einander durch die Fensterscheiben sehnsüchtige Blicke zu. Margit sitzt im guten Zimmer und betrachtet das Spruchtuch, das ihre Omama für sie gestickt hat. „Ich kann mir meine Geschichte aussuchen!“ steht da. Als Zierleiste hat Staramajka rosenrote Pelargonien gestickt und in jede Ecke einen blauen Esel. Ihr fällt ein, dass sie die Schreibmaschine in der Tischlerei stehen gelassen hat. Der Platz, an dem ihr Opapa immer gesessen ist, bleibt heute leer.

Im Haus gegenüber räumt Jelka die Speisekammer leer, sie nimmt alles was sie noch hat, alles, was sie vor den Russen verstecken konnte. Sie schmiert hauchdünn vierundzwanzig Schmalzbrote und hackt für darüber ebenso viele Zwiebeln. Viktorija hat sich auf ihre Schulter gesetzt und gackert leise, während Jelka aus Wut und Enttäuschung die Tränen übers Gesicht rinnen. Vierundzwanzig Schmalzbrote sind für jedes ihrer Lebensjahre eines. Aufgereiht auf dem Küchentisch liegen sie da, in drei Reihen zu je acht Broten. Bleibt noch gerade genug Platz, um Strudelteig zu ziehen. Jelka heizt den Sparherd an und erinnert sich daran, wie ihre Großmutter den Teig so dünn gemacht hat, dass man durchschauen konnte. Sie faltet und faltet und faltet wieder, aber es will ihr nicht gelingen, den Strudelteig ihrer Vergangenheit heraufzuwalken. Rissig und dick bleibt er und ganz und gar nicht elegant und durchsichtig. Jelka wirft ihn in eine Ecke und setzt sich dazu. „Nichts ist mir mehr gelungen, seit ich sieben war. Nichts ist mir mehr gelungen. Nicht einmal einen Strudelteig kann ich machen. Essen, ja, essen kann ich ihn! Viktorija, ach Viktorija, was soll nur aus mir werden. Sogar dich habe ich mit meinem Fahrrad überfahren." Jelkas Verzweiflung über sich selbst lässt sie sogar die vierundzwanzig Schmalzbrote vergessen, die in drei Reihen auf ihrem Küchentisch liegen.

Jelka, Briefträgerin von Mjenovo, Angebetete von Jakov, passionierte Fahrradfahrerin und innigste Freundin der Gegenübernachbarin Margit Szabo, übertreibt nicht. Sie liefert die Post in den falschen Häusern ab. Sie schickt Telegramme mit zahllosen Rechtschreibfehlern, wenn sie mit ihrem Fahrrad fährt, verliert sie stets ein paar Briefe, sie erkennt nicht die glühende und für jeden anderen sichtbare Verehrung des Jakov, ihre Blusen sind immer ein wenig zu eng und voll mit Essensresten. So viele Broschen mit der Aufschrift „Grüße aus Mariazell" besitzt sie gar nicht, um nur einen ganz normalen Jelkatag zu überstehen. Sie trinkt zu viel Slivovic und sagt dadurch Dinge, die sie am Morgen danach bereut. Kurz, sie ist tatsächlich ungeschickt, wenn man das Leben nach herkömmlichen Maßstäben bemisst. Dass ihre Verzweiflung über ihre Unzulänglichkeiten berechtigt sein könnte, sagt ihr keiner. Was sie selber nämlich nicht sieht: Dass sie das hellste Lachen von Mjenovo hat. Dass sie, wenn sie zu viel Slivovic getrunken hat, Dinge sagt, die man schon längst hätte sagen müssen. Dass sie immer nur die Briefe verliert, die keiner lesen möchte. Dass sie die aufregendste Broschensammlung von

Mjenovo hat und das schönste Dekolleté dazu. Dass so abenteuerlich wie sie kein Mensch jemals mit einem roten Fahrrad gefahren ist.

Das rote Fahrrad hat Jelka bekommen, als sie sieben Jahre alt war, ein paar Wochen, nachdem Margit Szabos Opapa beim Streichen des Haussockels tot umgefallen ist. An Jelkas Fahrradtag klopft der frühere Briefträger an die Tür und bringt Nachricht aus Amerika. Jelkas Eltern und ihre Brüder konnten eine frühere Passage nehmen. Sie konnten Margit Szabos Familie von der Reling aus zuwinken und rufen: „Wir holen euch ab! Wir sehen uns am anderen Ende der Welt!“ Das Ende der Welt sah dann aber ganz anders aus für Jelkas Familie, als sie es sich vorgestellt hatte, denn das Schiff sank auf halbem Weg zwischen hier und da, zwischen Dasein und Nichtmehrsein. Der Tag, an dem der Briefträger diese Botschaft als Telegramm überbringen muss, ist ein juniwarmer Augusttag. Um den Augenblick, an dem er an die Tür zu klopfen hat, hinauszuschieben, schiebt der Briefträger sein Fahrrad. Er bleibt bei jeder Blume stehen und sagt: „Ach, die Blumen im August!“ Am Ende kommt man aber doch immer dort an, wo man ankommen muss, und dem Briefträger bleibt es nicht erspart, an die Tür zu klopfen und die Nachricht zu überbringen. Jelka erlebt zum ersten Mal im Leben den Augenblick, in dem sich der Tod lautlos in den Rahmen einer Zimmertür stellt. Der

Augenblick, der alles anhält, während sich gleichzeitig alles weiterdreht. Jelkas Großmutter schreit und schreit und schlägt auf den Briefträger ein, so sehr und so heftig, dass sie der Großvater mit Gewalt von ihm trennen muss und sie in den Hof hinausbringt. Der Briefträger bleibt mit Jelka allein, mit Jelka, die nichts versteht von dem, was gerade passiert. Sie hebt das zu Boden gefallene Telegramm auf, das ihr nichts sagt, weil sie bei der Missis erst ganz wenige Buchstaben gelernt hat. Der Briefträger wünscht sich, er wäre Maurer geworden, wie sein Bruder in Wien. Mörtel mischen und Ziegel schupfen stellt er sich an diesem Tag leichter vor, als kleinen Mädchen die Nachricht vom Nichtmehrsein ins Haus zu tragen. Er erträgt Jelkas fragenden Blick nicht mehr, dreht sich um und verlässt wortlos das Haus. Ebenso wortlos schiebt er sein rotes Fahrrad in das Zimmer. „Schenk ich dir, Jelka“, sagt er mit brüchiger Stimme, denn das einzige, was ihm zu tun einfällt an diesem juniwarmen Augusttag, ist, jemandem etwas zu geben, der etwas verloren hat.

Es klingelt. Die am Boden sitzende Jelka schaut aus ihren Erinnerungen auf und sieht Margit Szabo, die beim roten Fahrrad steht und mit einer Gabel leicht an die Fahrradglocke schlägt. Die Gabel gehört zu einer Schüssel mit dampfendem Grieskoch. „Grieskoch für dich, Jelka. Mit oben Himbeerlekvar von vor vielen Jahren. Ich hab die Reste meiner Speisekammer leergeräumt." Jelka steht auf und lässt sich von ihrer Freundin einen Bissen nach dem anderen in den Mund schieben. „Setz dich, Jelka." Und Jelka setzt sich. Margit hebt den Strudelteig vom Boden auf, putzt ihn ein bisschen ab und ringt ihm die Durchsichtigkeit ab, die Jelka so gerne hat. Und während Vikorija und Jelka auf der Bank sitzen und den Topfen mit Ei und ein bisschen Slivovic abrühren, erklärt Margit, weshalb sie die Don-Stipe-und-Camillo-Geschichte nicht umschreiben kann. Sie erzählt ihr, dass sie nicht mehr weiß, ob sie in das Leben der anderen eingreifen darf, so wie sie es für richtig hält. Sie erzählt ihr, weshalb Marica Kuzmits bei ihr in der Tischlerei war. Dass Marica Angst davor hatte, ihre Liebesgeschichte sei nicht echt und wirklich, weil Margit sie auf ihrer Schreibmaschine erzählt hat. „Stell dir vor, jemand entbrennt in Liebe zu dir, sagen wir einmal Jakov, und du erkennst in ihm mit einem Mal dich selber und brennst zurück. Und dann stellst du fest, dass alles nur darauf zurückgeht, dass es dir eine alleinstehende Tischlerin mit zu viel Phantasie, zu viel freier Zeit und ohne eigene Liebesangelegenheiten angedichtet hat. Würde dir das gefallen?"

„Naja", meint Jelka, „naja. Jakov ist zwar ein bisschen jünger als ich und kann nicht sehr gut kochen. Aber naja. Vielleicht lernt er es ja noch." Margit verdreht die Augen, wie sie es bei Missis gelernt hat und kann nicht glauben, dass ihre

Freundin nicht versteht, was sie ihr damit sagen will. „Ich kann nicht glauben, dass du nicht verstehst, was ich dir damit sagen will. Ich schreibe die Geschichte mit Don Stipe nicht um. Und basta. Und jetzt füll den Strudel." Und Jelka füllt den Strudel, patzt sich dabei das etwas zu enge Hemd an und schiebt ihn in den Ofen. „Wer kommt eigentlich noch zum Essen?", fragt Margit und deutet auf die vierundzwanzig Schmalzbrote mit Zwiebeln. „Don Stipe, Don Camillo, Peppone und der Papst? Oder musst du dir für morgen Mut anessen?"

„Gute Idee!" Don Stipe steht in der Tür und neben ihm Jakov, mit einem Gurkenglas in der Hand. „Das letzte Glas!", sagt Jakov. „Wer hat euch eingeladen?", fragt Margit. „Und wer braucht jetzt schon die heiligen Gurken? Wir haben noch nicht einmal angefangen zu trinken." Dass sich diese Tatsache bald ändern wird, liegt in der Hand des Monsignore, denn in der hält er ein Sackerl mit zwei Dopplern und einem Slivovic. Wahrscheinlich wegen des noch nie dagewesenen und dann doch dagewesenen Gewitters ist heute Jakovs Wirtshaushinterzimmer leer geblieben, und als Don Stipe den Kopf aus der Falltür gesteckt hat und gesehen hat, wie der einsame Jakov seine Sehnsuchtsstriche auf dem Wirtshausboden abgezählt hat, hat er ihn dazu überredet das Lokal zuzusperren und mit ihm mitzukommen. Denn Don Stipe hat was zu feiern, weil er während der heutigen Messe sein Gedicht untergebracht hat und sogar von der Missis darauf angesprochen wurde. „Von der Missis! Die ist ja wohl herumgekommen in der Welt! Sie war sogar in Irland oder in Neuseeland! Ich habe ihr gesagt, sie kann auch vorbeikommen, wenn sie möchte und die Luft rein ist.“ Don Stipe öffnet den Slivovic und alle trinken eine Runde direkt aus der Flasche. Dermaßen aufgewärmt stellt sich der Pfarrer auf den Küchenschemel, sein ehemaliges Hendl, Viktorija, verlässt gackerndflatternd den Raum, es ahnt was kommt, und Don Stipe beginnt sein Gedicht zu deklamieren. „Ich beginne jetzt mein Gedicht zu deklamieren, es heißt: Des Pfarrers Litanei.“

Oh! Mein! Gott!
Jeden Tag der selbe Trott
Ich stehe auf
Ich leg mich hin
Ich esse Brote
Und die Tote
Ich leb allein
Ich trink gern Wein
Und singe immerimmerimmer wieder
Die ewig gleichen Kirchenlieder
Ich möcht so gern was andres sein
Nur einen Tag lang nicht allein
Möcht Kirchenlieder rückwärts singen

Den Toten die Genesung bringen
Zum Frühstück möcht ich Abendessen
Am Freitag will ich Blunzen essen
Einmal nur will ich eines sehen
Das soll so im Kalender stehen
Dass auf den Samstag folgt der Montag
Der Sonntag ausfällt und ich frei hab!
Ach Freunde, ruft mit mir im Chore
Freiheit für Don Stipe, Monsignore!

Don Stipe verbeugt sich mehrfach huldvoll auf seinem Schemel, obwohl niemand klatscht. Der Monsignore erklärt sich die allgemeine Reaktion mit der um sich greifenden Verblüffung über sein poetisches Talent und seine vollendete Vortragskunst. „Grazie, grazie, grazie mille a tutti! Meint ihr, ich könnte das Gedicht ins Italienische übersetzen lassen, und es Giovannino Guareschi nach Milano schicken?" Jelka nimmt einen Hacker vom Slivovic und ruft: „No sigurno! Wir fahren am besten alle gemeinsam hin und bringen es ihm! Ich kauf mir eine neue Brosche mit der Aufschrift ‚Tanti saluti da Milano', dann machen wir noch einen Abstecher beim Papst und du schlägst ihm bei einem Gläschen Rotwein vor, dass er die Gurken von Sveta Buborčica, Gott hab sie selig, zum Wunder erklärt." Um zu verhindern, dass Jelka weiterhin sagt, was alle denken, und um das Gedicht zu verdauen, lässt Margit die Slivovicflasche noch einmal herumgehen, und diesmal nehmen alle einen ordentlichen Schluck. Niemand will, dass Don Stipe sein Gedicht noch einmal aufsagt oder in Fahrt kommt und vielleicht noch ein zweites geschrieben hat, man gibt ihm also ein Schmalzbrot in die eine Hand und in die andere Hand noch eines. Jetzt ist auch der Topfenstrudel fertig, Jelka nimmt sich ein Stück und überlegt, weil sie während des Essens am besten denken kann, wie sie dem Pfarrer sein Mailänder Poetenidol irgendwie madig machen könnte. Margit öffnet die Doppler und schenkt allen ein, Jakov stellt endlich das Gurkenglas auf den Tisch und isst sich die Schmalzbrote entlang, bis er bei Jelka angekommen ist. Dort teilt sie mit ihm, etwas unwillig zwar, die Topfenspeise ihrer Kindheit. „Wie hat dir eigentlich der Erdäpfelstrudel geschmeckt?“

Die Frage steht noch unbeantwortet im Raum, als die Tür aufgeht und Frau Karlovits, genannt Missis, mit einem „Well, well, well, ich hoffe, ich bin noch nicht zu spät für die Party!“ zum Mulatság stößt. „Mister Don Stipe! Con-gra-tu-lations! A star is born!“ Die Episode mit der Schreibmaschine ist schon siebzehn Jahre her, Missis hat in der Zwischenzeit ihren *Look* nicht aber ihre Art geändert. Zurzeit trägt sie einen Bubikopf in Rot, der an die Zwanzigerjahre erinnert, dazu ein prächtiges Charlestonkleid, genäht aus zwei verschiedenen Kleiderschürzen, die sie vor langer

Zeit auf dem Markt gekauft hat. Der obere Teil, der bis zur Mitte der Missis-Schenkel reicht, ist schwarz, der untere Teil, der gerade noch ihre Knie bedeckt, ist so rot wie ihr Haar und von feinen schwarzen Streifen durchzogen. Die Kreation schließen Fransen ab, die einmal zu einem Schlafzimmervorhang gehört haben, an den Missis-Unterschenkeln aber viel besser aussehen. Außerdem, wie viele Menschen sehen schon die Fransen eines Schlafzimmervorhanges und wie viele die schönen Waden der Frau Karlovits? „So viele Liebhaber kann man gar nicht haben!“, meint Missis und hat wieder einmal recht, obwohl sie nicht an der Tafel steht, sondern in Jelkas Küche. „Bella, bellissima!“, schwärmt Don Stipe und küsst seine Fingerspitzen. „Una poesia magnifica, ein Gedicht sind Sie, Missis Missis!“ Diesen Vergleich verwendet Don Stipe klarerweise, um Frau Karlovits’ Gedanken aufs Wesentliche, also auf seine eigene Dichtkunst zu bringen. Don Stipe steht immer noch auf dem Küchenschemel und kann so endlich einmal der hochgewachsenen Lehrerin in die Augen schauen. „Das ist der Augenblick, in dem sich, wäre es eine meiner Geschichten, die Plattennadel senken und Musik erklingen würde.“ Also lässt Margit die Plattennadel sinken und Charles Trenets „La Mer“ rollt in sanften Wellen durch das Zimmer, spült zuerst Don Stipe vom Schemel und in die Arme der Missis, treibt Jelka auf Jakov zu. Eine wogende, mit Schaumkronen besetzte Melodie, erfüllt Sotbend 7a. Es riecht nach Ebbe und Flut, nach an Land gespülten Muscheln und einem Schiff, das den Horizont entlang fährt. In einem kleinen netten französischen Lokal mit Blick auf den Atlantik tanzen zwei Paare zu einem Chanson. Eine junge Frau bleibt vor der Brasserie stehen und schaut den beiden eine Zeitlang mit lächelnder Wehmut zu. Dass Margit Szabo nicht mehr in Jelkas Küche steht, bemerkt von den Anwesenden niemand. Sie weckt Hodi und Viktorija, geht mit ihnen durch den Hof, durch den Garten, über die Felder, geht so weit, dass man sie nicht mehr sehen kann.

Stari Jakov verbrennt seine Kleider.
Eine Wirtin erbarmt sich.
Eine Reise beginnt.

Zweitausend Kilometer von Mjenovo entfernt, auf einer Klippe über dem Atlantik, steht Stari Jakov, vollkommen nackt, und schaut aufs Meer. Der Mond wirft einen breiten, zittrigen Streifen aufs nachtschwarze Wasser. Hinter ihm brennt ein kleines Feuer. Stari Jakov hat dreizehn Jahre gebraucht, um hierherzukommen, ans Ende der Welt. Auf seiner Reise des Vergessens hat er meistens nicht gewusst, welches Land er gerade durchwandert, er hat keinen Wochentag benennen können, oft ist er tagelang ohne zu essen nur die Straße entlang gewandert, ohne nach links oder rechts zu schauen. Ohne zu bemerken, ob es regnet oder schneit oder ob ihm der Sommer die Haut vom Gesicht schält. Millionen Menschen sind gestorben, Kriegsflugzeuge haben die Welt um ihn zerbombt, er hat keine Notiz davon genommen. Die Zeiteinheit, nach der sich Stari Jakov richtet, sind Stunden. Seit 108.885 Stunden ist er auf der Suche danach, den Schmerz zu lindern, der ihn nicht mehr stillstehen lässt. Das stete Weitergehen, das immerwährende Insichhineinhören, die nicht endenden Selbstgespräche, die lautlose imaginierte Zwiesprache mit seiner verstorbenen Frau lassen alles andere um ihn herum zu einer farblosen Kulisse werden, hinter die es sich nicht zu schauen lohnt. „Sveta Buborčica, srce moje, srce moje, ich suche dich, ich suche dich und finde dich nicht mehr." Stari Jakov schließt die Augen und schaut noch angestrengter in sich hinein. Und nähert sich beim Insichhineinschauen immer mehr dem schwarzblauen, vom Mond beschienenen Meer, und kommt dem Ende der Welt so nahe, dass selbst er es durch seine Traurigkeit hindurch fühlen kann, und bevor er abhebt, sieht er sie endlich wieder, Sveta Buborčica, sein Herz, die Liebe seines Lebens.

„Sveta Buborčica, srce moje, Liebe meines Lebens!" Mit diesen Worten begrüßt Stari Jakov seine Frau jeden Morgen, wenn er darauf wartet, dass sie neben ihm aufwacht. Und sie lächelt. Kein einziges Mal in dreizehn Jahren vergisst sie zu lächeln. Sie lächelt auch in den letzten Monaten ihres Lebens und tut so, als ob es ihr nicht schwer fallen würde. Sie küsst ihrem Mann die Tränen vom Gesicht und gibt jeder Träne einen Kosenamen. Ihre schmalen Finger sind so weich, so weich, er möchte den ganzen Tag lang, das ganze Leben lang so liegen bleiben und seine Frau halten, während sie mit ihren schmalen Fingern über seine Wange streicht. Er will nicht mehr begreifen, weshalb diese wunderschöne, wundersame Frau ihn geheiratet hat. Er will sich nicht mehr umdrehen und schauen, ob hinter ihm jemand steht, wenn sie aus der Wirtsstube hinein in die Küche lautschmatzende Küsse schickt und mit ihren Händen ein Herz formt, ohne dass es jemand von den Gästen sehen kann. In den letzten Monaten ihres Lebens fragt er sie nicht mehr jeden Tag, ob sie auch wirklich wieder Sterz mit Rahmsuppe essen mag und einen Topfenstrudel. Er begreift endlich, dass sie immer ja sagen wird. „Da, da, da, srce moje, frag nicht immer", hat sie ihm jahrelang gesagt. „Ich will mit dir jeden Tag Sterz mit Rahmsuppe essen und danach einen Topfenstrudel, auch wenn ich eines Tages aussehen werde wie meine ungarische Cousine. Und du willst gar nicht wissen, wie meine ungarische Cousine aussieht!" An dem Tag, an dem Sveta Buborčica erfährt, dass sie die Gurken, die sie anbauen will, nicht mehr selber einlegen wird, vergisst Stari Jakov zum ersten Mal, sich nach ihren Wünschen für das Mittagessen zu erkundigen. Sveta Buborčica sitzt in der finsteren Wirtsstube, die Fensterläden sind geschlossen. „Frag mich, ob ich jeden Tag, bis ans Ende meines Lebens diese Suppe mit dir essen will." Draußen, vor den geschlossenen Fensterläden, ist März. Dieser März setzt sich in Stari Jakovs Herz so fest, dass für ihn nie mehr April wird oder Juni. Obwohl es auch in diesem Jahr April wird und Juni, und ein unerträglich heißer August. Im August hat seine Frau schon längst ihre runden Hüften verloren, und plant für ihren

Sohn eine Geburtstagsüberraschung. Ein Picknick mit allem Drum und Dran. Mit einer Geburtstagstorte plus Lebenskerze für das erste vollendete Jahrzehnt. Mit einem Picknickkorb, in den hinein Stari Jakov die Lieblingsspeise seines Sohnes kocht. Ein gegrilltes Hendl mit Gurken, dazu Apfelsaft und die Erlaubnis, vom ganzen Hendl nur die knusprige Haut essen zu dürfen. Das Fleisch essen Mama und Papa. In den Korb kommt zuoberst eine Decke gelegt, die man auf der Wiese ausbreitet und zuerst darauf sitzt und isst und danach darauf liegt und die Ameisen vom Körper schnipst und flucht. Dazu erzählt Mama Geschichten von ihrer dicken ungarischen Cousine. Ein paar Dinge waren anders als bei Jakovs vorherigen Geburtstagspicknicks mit allem Drum und Dran. Erstens einmal sind sie nicht sehr weit gegangen, nur auf die Wiese hinter der eigenen Wiese. Und dann hat Jakovs Vater selbst an diesem heißen Augusttag den Mantel nicht ausgezogen und gefroren, wie sonst nur im März. Als Jakov seine Eltern gebeten hat, ihn zwischen sich zu nehmen und ihn durch die Luft schwingen zu lassen „Bitte, nur noch ein einziges Mal!“, haben seine Eltern geschwiegen und Jakovs Vater hat ihn stattdessen auf die Schultern genommen und ist mit ihm um seine Mutter herumgerannt, bis sie wieder zu Hause waren.

Im September hat Stari Jakov immer noch den Wintermantel an, egal, ob er in der Küche steht und kocht, oder ob er mit Jakov und seiner Frau beim Mittagessen sitzt. Sveta Buborčica ist schon so dünn geworden, dass beide in den Wintermantel passen, denn manchmal, wenn seine Frau am Fenster steht und nur so hinausschaut, hüllt Stari Jakov sie zu sich in den Mantel hinein.

Im Oktober zieht Jakov zu Viktorija und zu ihrem Sohn Stipe, der um acht Jahre älter ist. „Nur, solange die Mama krank ist, wenn sie wieder gesund ist, kommst du zurück! Sie braucht jetzt viel Ruhe, Jakov." Viktorija wohnt nur ein paar Häuser von zu Hause entfernt, und Jakov schaut jeden Tag, wenn er in die Schule geht, durch die Schlitze der geschlossenen Fensterläden des Wirtshauses, ohne je eine Bewegung wahrzunehmen.

Der einzige, der das Haus betritt, ist der Arzt, der zu Sveta Buborčica kommt, um ihr das schmerzhafte Sterben erträglicher zu machen. Ihren Mann bittet sie, das Bett so zu stellen, dass sie in den Garten schauen kann. Stari Jakov liegt neben ihr und sie reden über ihr Glück. Über den Tag, an dem sie durch Mjenovo gegangen ist, zu ihren Verwandten nach Ungarn. Über den Tag, an dem sie zum ersten Mal gemeinsam zu Mittag gegessen haben. Über ihren Sohn. Stari Jakov bringt seiner Frau jeden Tag ihre Liebesspeise ans Bett, aber sie kann nur mehr einen Löffel davon essen. Ihr zuliebe zieht er den Wintermantel aus und friert, wenn er das Bett verlässt. Am Abend essen sie drei Gurken aus dem Glas. „Eine große, eine kleine und eine schöne! Die schöne bist du." Und Sveta Buborčica lacht.

„Sveta Buborčica, srce moje, Liebe meines Lebens!", sagt an einem Morgen im November Stari Jakov zu seiner wunderschönen, wundersamen Frau. Er wartet darauf, dass sie ihm Tränen vom Gesicht küsst und jeder Träne einen Kosenamen gibt. Er wartet darauf, dass ihre schmalen Finger über seine Wange streichen. Den ganzen Tag lang bleibt Stari Jakov neben seiner Frau liegen, wärmt ihren toten Körper und deckt ihn mit Erzählungen vom Glück zu. Erst als die Sonne wieder untergeht, steht er auf, um seinen Sohn heim zu holen, um ihm nichts bieten zu können als seinen eigenen Schmerz und seine eigene Verzweiflung. Zwei Tage lang liegt Sveta Buborčica zu Hause aufgebahrt, beweint von ihrem Sohn, von ihrer Familie aus Dolnja Pulja, von ihrer dicken ungarischen Cousine und von ganz Minihof. Auf ihr Grab legt Stari Jakov ein Gesteck aus rosenroten Astern, die durch den Novemberfrost der Nacht am nächsten Morgen noch immer hell leuchten. Stari Jakov schließt die Wirtshaustür und geht denselben Weg entlang, den seine Frau dreizehn Jahre zuvor gekommen ist.

Er öffnet die Augen und sieht unter sich das nachtschwarze, vom Mond beschienene Meer, er ist dem Ende der Welt so nahe gekommen, dass er seinen Herzschlag wieder fühlt und bemerkt, dass er aufgehört hat zu frieren, obwohl er nackt am Cabo Fisterra steht und hinter ihm, in dem kleinen Feuer, seine Kleider verbrennen. Er sieht, zum ersten Mal seit 108.885 Stunden, dass es außerhalb seines Schmerzes eine Welt gibt. Am Ende der Welt löst sich etwas von seiner unstillbaren Sehnsucht und verwandelt sich in etwas, das versöhnlicher ist als der Tod.

„Nicht springen!“, ruft jemand in die Stille, schnauft den Hügel hinauf, reißt Stari Jakov um, wirft ihn dabei fast von der Klippe und setzt sich schließlich auf seine Brust. Gott sei Dank ist der Lebensretter schmächtig gebaut. Stari Jakov richtet sich halb auf und schaut ihm ins vom Mondlicht beschienene Gesicht. „Pero Csmarich! Das glaube ich nicht! Ich muss ans Ende der Welt reisen, um von Pero Csmarich niedergerissen und fast umgebracht zu werden! Sag einmal, spinnst du?“ Der Tischlermeister von Mjenovo springt von Stari Jakovs Schoß, weil er jetzt erst bemerkt, dass der auch unten vollkommen nackt ist und schreit zurück: „Stari Jakov, ja spinnst du selber, dass du da auf der Klippe stehst und nichts anhast! Ich hab mich zu Tode erschreckt! Was tust du überhaupt da?“ – „Was tust du selber da?“

Diese Fragen klären Tischler und Wirt bei einer Flasche Orujo unten im Dorf, in einer Bar namens „Casa Palmira“. Sie sprechen weder

Galicisch noch Spanisch, der Wirt versteht aber gleich, dass die zwei einen Klaren nötig haben. „Palmira, ruliña, so etwas hast du noch nicht gesehen, zwei kleine Typen aus dem Ausland. Der eine, der größere, trägt eine Hose, für die der Begriff Hochwasser noch zu tief gegriffen ist“, erzählt er später seiner Frau, „der andere ist so schmächtig, dass man ihn am liebsten adoptieren möchte. Als ich gegangen bin, haben sie immer noch miteinander geredet und getrunken, und sie haben mir so leid getan, dass ich ihnen gesagt habe, sie sollen die Tür von innen zusperren und in der Küche schlafen.“ Die Frau eines Wirts ist Kummer gewöhnt, und deshalb schüttelt Palmira nur den Kopf, dreht sich um und schläft weiter. Sie ist es nämlich, die am nächsten Morgen zeitig aufstehen muss, um die Bar aufzusperren und die zwei Fremden heimzuschicken. Palmira tut es dann aber doch nicht, denn die beiden schauen wirklich so bedauernswert aus, dass sie das Bedürfnis hat, sie ein bisschen aufzupäppeln. „Come, pero come máis, home“, fordert sie den von Natur aus schmächtigen Pero Csmarich auf. Und Pero isst. Erdäpfeltortilla mit und ohne Zwiebeln, eine Wintersuppe, die auf den Namen Caldo hört und aus Bohnen, Würsteln, Fleisch und Gemüse besteht. Pulpo, den Xosé, der Wirt, mit bloßen Händen fängt und zu dem Palmira gekochte Erdäpfel mit rotem Paprika serviert.

Beim roten Paprika muss Pero immer kurz an daheim denken. „Musst du beim roten Paprika immer kurz an daheim denken, Stari?"

„Da, da, ich muss beim Paprika immer an daheim denken, ich muss daran denken, dass das letzte Gericht, das ich mit meinem Sohn gekocht habe, ein Paprikás war und dass er es nicht essen wollte, nachdem er verstanden hatte, dass in der Rahmsauce sein Lieblingshendl kochte, dem er am Tag davor noch im Hof nachgerannt war. Ich muss daran denken, dass ich ihn allein gelassen habe und dreizehn Jahre lang nicht an ihn gedacht habe. Ich muss daran denken, dass ich vergessen habe, dass es außer meinem Schmerz noch einen anderen Schmerz gibt." Und zu Pero sagt Stari Jakov: „Nein, eigentlich muss ich gar nie an daheim denken."

Es dauert nicht lang, bis Palmira dem schmächtigen Pero etwas Speck auf den Bauch gekocht hat. Bei seinem Freund aber ist mit Jakobsmuscheln und Quittengelee nichts auszurichten. Vielleicht, wenn Palmira nicht in Fisterra, am Ende der Welt, wohnen würde, wenn sie nicht jeden Morgen vom Fenster aus das Meer sehen könnte, wenn sie nicht an die Macht der galicischen Hexen, der meigas, glauben würde, vielleicht hätte sie dann nicht gesehen, dass Stari Jakovs Pilgerreise zu sich selbst noch nicht zu Ende war. Anstelle eines Wanderstabs mit Muschel, den Pilger von Santiago de Compostela bei sich tragen, gibt sie ihm zuallererst einen neuen Namen, und wählt, nicht nur der Einfachheit halber, den seines spanischen Namensvetters, Santiago. Aus Jakov Németh, genannt Stari Jakov, aus Mjenovo wird Santiago Alemán aus Fisterra. Allein der fremde Klang, der von der Vergangenheit des Namensträgers unberührt ist, lässt Santiago langsam aus dem Schatten treten, den er so viele Jahre lang wie einen krummen Wanderstab mit sich getragen hat. Santiago beginnt, mit Xosé in der Nacht aufs Meer hinaus zu fahren und Fische zu fangen und erkennt, dass das Ende der Welt nicht das Ende ist, sondern dass es sich so weit ausdehnt, so weit, wie man mit einem Fischerboot niemals fahren kann. Wie man Hummer, Schwertmuscheln, Austern und Fisch zubereitet, lernt der Neo-Fischer mit Kochvergangenheit in Palmiras Küche. Sie hingegen lernt original, wie man in Mjenovo Kutteln und Blunzen macht, Krautfleckerl und Erbsensuppe mit gezupften Nockerln. Das beste Rezept behält Santiago aber für sich. Palmira und auch sonst niemand in Fisterra wird je Sterz mit Rahmsuppe essen.

Sonntags nach der Kirche in der Bar erzählt Pero, indem er Bruchstücke verschiedener Sprachen und alle seine Gliedmaßen verwendet, die Geschichte seiner Weltreise nach Brasilien, wo er nie angekommen ist. Immer ist ihm ein gerade abgefahrenes Schiff, eine schöne Frau, ein Fass

Wein und vor allem der Krieg in die Quere gekommen. Er weiß also immer noch nicht, wie die Bäume des brasilianischen Urwaldes ausschauen, dafür zimmert er aus den Hölzern der Wälder Galiciens eine neue Budel für die Bar „Casa Palmira“, eine Sensation in Fisterra, weil sie ausschaut wie aus dem Ausland. Eine feine Intarsienarbeit an der Front der Budel zeigt die Silhouette seines Heimatdorfes. „Mjenovo Quality!“, ruft Pero stolz, als er sein Meisterstück präsentiert und mit reichlich Orujo und dem ganzen Dorf einweiht. Es ist Peros Abschiedsgeschenk, er wird nach Minihof zurückkehren, mit leichtem Gepäck aus ulkigen Geschichten, aber ohne Santiago. „Wohin soll ich noch gehen? Ich bin ja schon da.“

„Ich könnte deinem Sohn einen Brief mitnehmen, Stari.“ Der Tischler will sich ja nicht einmischen. Aber. Palmira legt Santiago jeden Tag beim Mittagessen einen Bleistift neben den Suppenlöffel. „Máis escrive, home, escrive!“ Und wirklich. Santiago setzt sich hin und schreibt. Er schreibt einen ganzen Tag lang und eine ganze Nacht. Er schreibt so viel, dass der Bleistift zum Schluss so kurz ist, dass er einen neuen braucht. „Für Jakov“, sagt er am Tag des Abschieds zu Pero, und: „Lass ihn von mir grüßen, nein, umarme ihn, nein, grüß ihn von mir und dann umarme ihn.“ Palmira, Xosé, Santiago und der Rest des Dorfes Fisterra begleiten Pero Csmarich bis zum Ende des Ortes, alle küssen ihn links und rechts auf die Wange, in seinen Rucksack werden noch Orujoflaschen und Würste gesteckt. Pero Csmarich dreht sich noch viele Male um, um zu winken und für seinen Freund die Daumen nach oben zu deuten. Seine Rückreise nach Mjenovo wird ungefähr drei Monate dauern, oder ein Jahr, je nachdem, was sich ihm in den Weg stellt. Am dritten Tag, nachdem er Fisterra verlassen hat, kann er nicht länger widerstehen. Er öffnet seinen Rucksack und nimmt Santiagos Brief heraus. Es ist ein gelbes Heft, auf dem in Blockbuchstaben „Strudel der Gefühle“ steht. Als Pero es aufschlägt, sieht er, dass es voll ist mit Rezepten.

Samstag

Ein Mulatság wird beendet. Jelka schreit über den Hof. Margit schaut in den Spiegel.

In einem Jahr und einem halben wird Pero Csmarich in Mjenovo ankommen und Jakov das Heft seines Vaters überreichen. Davon weiß Jakov aber jetzt noch nichts, denn er sitzt, nach einer durchtanzten und durchwachten Nacht, mit Jelka auf dem Birnbaum und sieht, wie Margit mit Hodi und Viktorija in den Garten kommt. „Wie war's?", fragt Jelka und Margit antwortet: „Frag Hodi. Er wollte Viktorija beeindrucken und ist dabei fast über den Rand gefallen. Ich musste ihn am Schwanz wieder heraufziehen, und hinter mir ein flatterndes, gackerndes Hendl." Hodi legt sich beleidigt unter die Himbeerstaude. „Frühstück?" – „Frühstück!", sagt Jelka und hüpft von der Leiter. „Soll ich uns eine Eierspeis machen?" Jakovs Angebot wird einstimmig abgelehnt.

In der Küche schlafen noch die Gäste von letzter Nacht. Missis liegt auf, Don Stipe unter der Ofenbank. „Buon giorno! Avanti, avanti! Peppone hat die Kirchenglocken geflaucht!" Jelka findet es schön, dem Monsignore ins Ohr zu brüllen, als einer von vielen winzig kleinen Vergeltungsschlägen für den hohen Preis, den sie für sein Hendl bezahlt hat. Benommen tastet Monsignore nach seinem Schießgewehr, ertastet aber nur die Schlafzimmervorhangfransen von Missis Karlovits. „Scusi, scusi, scusi, signorina!“ Der errötende Pfarrer vernimmt über sich ein schläfriges „Oh, don’t be so stupid, stupid!“ Jakov öffnet das letzte Gurkenglas seiner Mutter und verteilt feierlich an jeden eines der lebensspendenden sauer eingelegten Exemplare. Don Stipe schlägt vor, als Abschluss „Nessun dorma“, „O sole mio“ oder zumindest die italienische Hymne zu singen, wird aber nicht angehört. Jelka erklärt den Mulatság für beendet und scheucht alle aus dem Haus. Nur Viktorija und Margit dürfen bleiben.

„Hast du dich schon auf heute Nachmittag vorbereitet?“ Viktorija ist auf Margits Schoß gesprungen, um sich kraulen zu lassen. Eigentlich möchte Margit ihre Freundin fragen, wie die vergangene Nacht war und was sie mit Jakov auf dem Birnbaum geredet hat. „Eigentlich möchtest du mich fragen, wie die vergangene Nacht war und was ich mit Jakov auf dem Birnbaum geredet habe.“ Jelka stellt den Häferlkaffee auf den Tisch und setzt sich zu ihrer Freundin. „Ich werde es dir erzählen, aber nur, wenn du endlich deine Briefe liest. Bitte.“ Margit steht auf, schubst das Hendl von ihrem Schoß und verlässt wortlos Sotbend 7a. Jelka schreit ihr über den Hof nach, so laut, dass man es bis zum Kirchenplatz hören kann: „Warum musst du dich immer durchsetzen, ha? Du bist ja nicht ganz bei Trost, Margit! Du glaubst, du kannst dir auf deiner blöden Schreibmaschine deine blöde Geschichte selber schreiben! Aber du wirst dich gewaltig geirrt haben!“

Margit stellt sich vor den alten, fast blinden Spiegel auf der Kastentür in ihrem Schlafzimmer, kämmt ihre Locken, flicht zwei Zöpfe und steckt sie mit den Haarnadeln ihrer Großmutter am Hinterkopf fest. Margit schaut in den Spiegel und sieht ihre Mutter. Sie fragt sich, ob ihre Mutter in Amerika ihr Haar immer noch genauso aufsteckt wie in Mjenovo. Sie fragt sich, ob sie angefangen hat das frühe Grau mit Farbe zu überdecken in South Bend, Indiana. Margit fährt ihre dunklen, dichten Augenbrauen entlang und die weichen Lippen, die oben etwas schmäler sind als unten. „Das ist ein Zauberspiegel“, hat Margits Majka gesagt, als sie als Kind versucht hat, sich selbst durch die blinden Flecken hindurch zu betrachten. „Wenn du die Augen zusammenzwickst, kannst du sehen, wie du später einmal ausschauen wirst.“ Bei Margit hat dieser Zauber aber nie funktioniert. Margit schaut in den Spiegel und sieht zwischen den blinden Flecken nur ein schemenhaftes Bild von sich selbst. Erst wenn sie den Spiegel öffnet, kann sie die Zukunft sehen, eine Zukunft, die längst vergangen ist, denn hinter der Spiegeltür liegen Briefe, nach Datum sortiert und ungeöffnet. Jeden Monat bringt die Briefträgerin Jelka Post aus South Bend nach Sotbend 7b. Alle paar Monate nimmt die Freundin Jelka die ungeöffneten Briefe von Margits Mutter vom Küchentisch und legt sie zu den anderen in den Kasten. Weil es schon so viele sind, bündelt sie sie zu Jahresstößen und bindet sie mit Spagat zusammen. Als Margits Staramajka noch gelebt hat, hat sie sich geweigert, der Großmutter die Briefe vorzulesen. „Jelka, komm und lies du mir den Brief vor", hat die Omama über den Hof gerufen. Margit ist stets verschwunden, wenn die beiden sich unter den Nussbaum vor dem Haus mit dem blauen Sockel gesetzt haben. Sie sieht sie noch heute so sitzen, während sie selbst rückwärts die Straße entlang gegangen ist Richtung Kirchenplatz. „Ich kann mir meine Geschichte aussuchen", sagt Margit in den Spiegel hinein, aber wie schon als kleines Mädchen, gelingt es ihr nicht zwischen den blinden Flecken die Zukunft zu sehen.

Im Palatinwirtshaus gibt es Krautfleckerl zu Mittag. MAFASCH erkennt die Gunst der Stunde. Fäuste fliegen.

Don Stipe, Jakov, die Missis, Marica Kuzmits und der Mesner Ferenc „Feri" Karall schlafen an diesem Samstag aus unterschiedlichsten Gründen, in eigenen oder fremden Betten, bis zu Mittag und treffen einander Schlag zwölf im Hinterzimmer des Palatinwirtshauses. Dieses Treffen ist keineswegs ausgemacht.

Jakov hat heute keinen Kopf zum Kochen. Als Don Stipe seinen durch die Falltür steckt und bemerkt, dass sein Freund gerade einen Strich in den Wirtshausboden ritzt, sagt er: „Hodi, Jakov, wir nehmen den unterirdischen Geheimgang und essen bei den Palatins." Dort sitzt schon die Missis, leicht ramponiert, dafür aber mit Sonnenbrille. „Aha, in-ter-e-ssant, bei Ihnen macht der Bürgermeister also eine Ausnahme mit der Sonnenbrille, soso." Don Stipe setzt sich, pikiert, auf die der Missis gegenüberliegende Seite. Marica und Ferenc nehmen die Plätze dazwischen, sie zischelt Feri ins Ohr: „Na bitte. Die Spaltung der Kirche und der Intelligentsia. Da hast du's. War immer so, wird immer so sein. Die Kirche glaubt ja heute noch, dass die Erde eine Scheibe ist." Im Grunde kann Marica Don Stipe sehr gut leiden, nicht erst seit der Episode mit der Marienstatue, und deshalb stößt sie trotzdem gerne mit ihm an, als Tetac Palatin den Wein bringt. „Ein schönes Gedicht sollst du geschrieben haben, Don Stipe“, sagt Tetac Palatin. Teta Palatin deutet ihrem Mann von der Küche heraus den Vogel und unterstreicht ihre Meinung mit einer eindeutigen Handbewegung, von der er ablesen kann, dass er später einen Kopf kürzer gemacht wird. „Oh ja, findest du? Wer hat es dir erzählt?“ – „Meine liebe Frau war am Freitag in der Kirche und jeder, der ins Wirtshaus kommt, kann zumindest eine Zeile hersagen.“ – „Willst du es hören, Tetac Palatin?“ – „Muss nicht gleich sein, vielleicht nach der Suppe?“ Vielleicht nach der Suppe ist garantiert nach der Suppe – Don Stipe wirft sich in Pose und schmettert das Gedicht seiner Unfreiheit in das Hinterzimmer der Palatins und erntet endlich Applaus. Der Beifall kommt hauptsächlich aus der atheistischen Ecke, denn Marica findet, dass auch ein Pfarrer einmal frei haben sollte, denn dann würde zumindest einmal die Messe ausfallen, was ein Segen für das unterdrückte Kirchenvolk und eine Chance für MAFASCH wäre.

Tetac Palatin holt sich eine Kopfnuss in der Küche, serviert süß-scharfe Krautfleckerl und als Abschluss eine Runde Slivovic für alle. Seinen üblichen Gewohnheiten widersprechend, steht Don Stipe nach dem Schnaps gleich auf. Er will sein

Schießgewehr polieren und sich vor dem Treffen mit Jelka noch ein bisschen hinlegen. „Muss noch die Predigt für morgen polieren, äh, vorbereiten. Arrive, arrive!“ Der Monsignore verschwindet durch den Geheimgang.

Marica erkennt, dass an diesem Samstagnachmittag die Stunde für MAFASCH schlägt und bittet alle Anwesenden zu bleiben. Sie schnalzt mit ihren Hosenträgern, streichelt Feri zärtlich über die Wange und trägt ihm auf, für sie und gegen die Unterdrückung der Welt das ganze Dorf im Palatinwirtshaus zu versammeln. „Wie soll ich das machen, ljubica, meine Liebe?“

Einige Minuten später läuten die Kirchenglocken, und während der holzbeinige Ferenc am Seil hängt, leitet Missis die erschrockenen Minihofer vom Kirchenplatz ins Wirtshaus um. Don Stipe stürzt in den Glockenturm. „Ferenc?“ – „Schuldigung, hab mich in der Zeit vertan.“ Der Pfarrer kopfschüttelt in die Kirche zurück „O Dio mio!“ und widmet sich wieder seiner Arbeit.

Marica Kuzmits weiß, dass sie nichts überstürzen sollte, dass sie die gläubigen Minihofer nicht gleich mit allen dringenden Anliegen ihrer Liga überfordern darf. Sie konzentriert sich vorerst auf eine einzige Sache, gibt Wein für alle aus und beginnt mit einer flammenden Rede über das Los des bedauernswerten Monsignore. „Wir haben das Recht auf einen freien Tag in der Woche erkämpft!

Dieses Recht darf nicht gebeugt werden, ich fordere gleiches Recht für alle, auch wenn manche von ihnen Soutanen tragen. Die Diskriminierung muss auch innerhalb der Kirche aufgehalten werden. Gleichstellung darf nicht vor der Kirchentür aufhören. Ich meine, wir müssen gerade in diesem Punkt zusammenhalten. Jesus war Anarchist, das ist belegt, er wollte das System aufbrechen und die Unterdrückung beseitigen. Deshalb fordere ich: Freiheit für Don Stipe!“

Bei der hitzigen Diskussion, die auf ihre Rede folgt, werden vierundzwanzig Doppler geleert, und damit der ganze Vorrat aus dem Geheimgang aufgebraucht, ein paar Sessel zerschlagen und ein Tisch, Teta und Tetac Palatin fangen hinter der Budel zuerst zu streiten und dann zu schmusen an, Margit versucht verzweifelt das Gesagte mitzuschreiben, man zählt sieben blaue Augen und der Arzt, den man zwischendurch aus Deutschkreutz holt, weil der aus Filež selber an der Hand verletzt ist, näht eine Kopfwunde und renkt einen Arm ein, um zum Schluss selber halb bewusstlos unter dem Tisch zu liegen. Das ist allerdings nicht der Schlagkraft der Minihofer, sondern der Menge des Weines anzulasten. Als Jelka um fünf Uhr das Wirtshaus verlässt, um sich zu ihrem Rendezvous mit Don Stipe aufzumachen, ist die Rauferei noch im Gange, beruhigt sich aber immer mehr, um der Rauferei der Worte Platz zu machen.

Zwei Stunden später erzielt man eine Einigung, die Margit auf ihrer eilig herbeigeholten Schreibmaschine tippt, und die von allen Anwesenden unterschrieben wird:

VERORDNUNG

Wir, die Einwohner von Mjenovo, legen hiermit fe t, da an jedem er ten onntag im Monat der onntag au fällt. Auf amstag folgt tatt onntag noch einmal am tag. Und dann Montag. Die e Einigung erzielten wir im vollen Be itz un erer gei tigen Kräfte und ohne Einflußnahme von Gewalt von Außen. Wir unter tützen hiermit den Wun ch von Don tipe nach einem freien Tag in der Woche, damit er auch einmal tun kann, wa er will. Die Me e be uchen, einen Au flug machen oder o wa . Die e Be timmung gilt, bi Don tipe da Zeitliche egnet.

Mjenovo, Juli 1950

Don Stipe hält ein Gewehr in der Hand. Jelka erweist sich als Regietalent. Giovannino Guareschi weiß von all dem Gott sei Dank nichts.

Don Stipe steht im Mittelgang der Kirche und hält sein rostiges, aber poliertes Schießgewehr in der Hand. Er findet, dass das die angemessene Auftrittspose ist, wenn Jelka bei der Tür hereinkommt. „Findest du, dass das die angemessene Auftrittspose ist, wenn ich bei der Tür hereinkomme?“ Jelka lässt die Kirchentür laut ins Schloss fallen. Aus ihren Poren tropft Missmut, aus ihrem rechten Nasenloch Blut. „Salve Jelka, carina, perfetto! Das nenne ich schauspielerischen Einsatz, ich sehe, du hast dich schon totalmente mit der Rolle des Peppone identifiziert! Wo hast du das Theaterblut her?“ Statt einer Antwort wischt Jelka das Blut mit dem Ärmel weg und nimmt dem Monsignore gegenüber Aufstellung. „Ich habe ein bisschen in den Schinken hineingelesen. Ich nehme an, du machst den schlauen Pfarrer und ich den humorlosen Bürgermeister.“ – „So sollst du über Peppone nicht reden, Jelka, es ist eine überaus liebenswerte Figur. Aber wenn du partout nicht willst, dann können wir natürlich auch die Rollen wechseln. Oder einmal du Camillo, dann ich Camillo, dann du Peppone, dann ich Peppone.“ – „Weißt du was, Don Stipe“ – man merkt, dass Jelka schon wahrheitseinflößenden Alkohol getrunken hat – „weißt du was, Don Stipe, ich immer Camillo, du immer Peppone. Wenn nicht, dann bring ich dir dein Hendl zurück und spende für die zwei abgefahrenen Zehen was in die Kirchenkassa. Capisci?"

Don Stipe lässt sein Gewehr sinken. So hat er sich das nicht vorgestellt. So hat er sich das ganz und gar nicht vorgestellt. Er setzt sich in eine Kirchenbank und denkt nach. „Stipe, ach Stipe! Habe ich dir nicht hundertmal gesagt, dass nicht immer alles nach deinem Kopf gehen kann? Das Leben besteht aus Geben und Nehmen. Und das bedeutet nicht, dass du immer nimmst und die anderen immer geben. Nimm dir ein Herz und tausch mit der Kleinen die Rolle. Na? Und, Don Stipe, das Gewehr. Ich will es in meiner Kirche nicht mehr sehen." Don Stipe dreht sich zu Jelka, sie ist es aber nicht, die diese Worte an ihn gerichtet hat, sie schnäuzt sich gerade geräuschvoll in ein Taschentuch. „Jesus? Jesus Christus?" Der Pfarrer steht auf und nähert sich mit offenem Mund Christus am Kreuz. „Gesù? Du sprichst mit mir?" Jelka denkt, Don Stipe hat schon ohne sie angefangen und will Camillos Part einfach nicht abgeben. Sie kann sich aber nicht erinnern, diese Szene irgendwo gelesen zu haben und beginnt, im Buch herumzublättern. „Jelka, hast du das gehört?" – „Klar hab ich das gehört. Aber ‚Gesù, du sprichst mit mir?' kann ich im Buch nirgends finden, oder soll ich jetzt den Jesus machen und antworten?" – „O Dio mio, o Dio mio!" Don Stipe geht in die Sakristei und nimmt einen riesigen, riesigen Schluck vom Messwein. Als er, immer noch fassungslos, in die Kirche zurückkommt, ist er damit einverstanden, dass er den Peppone und Jelka den Don Camillo spielt. „Aber weißt du, Jelka, vielleicht ist hier nicht der richtige Platz, vielleicht gehen wir lieber hinüber zu den Palatins und proben dort." – „Das halte ich für keine so gute Idee", findet Jelka und hofft, dass sie nicht gerade die besten Szenen der Schlägerei verpasst. „Na, dann gehen wir halt zu Jakov. Wir brauchen sowieso einen Erzähler."

Don Stipe zieht in der Sakristei die Bürgermeistersachen an, die er für Jelka vorbereitet hatte, und gibt ihr seine Soutane. Sie nehmen den Geheimgang zu Jakovs Wirtshaus und finden die Gaststube leer. Das macht dem Monsignore aber nichts, weil er sich ganz wie zu Hause fühlt. Er fühlt sich auch in seinem Bühnenkostüm keineswegs unwohl, und versucht sich in die linke Gesinnung seiner Rolle einzufühlen. Jelka hingegen kämpft ein bisschen mit der Länge des schwarzen Priesterkleides und den vielen Knöpfen daran, die Soutane spannt auch ein wenig an den richtigen Stellen. „Wie bei einer richtigen Theaterproduktion, sollten wir zuerst über die Charaktere diskutieren und dann die Szenen erarbeiten", schlägt Don Stipe vor. Jelka kennt sich beim Theater nicht aus und hat ausnahmsweise einmal keinen Einwand, dafür aber die perfekte Charakterisierung parat. „Schau, Don Stipe, das ist eigentlich genau so wie bei Marica und Ferenc. In diesem konkreten Fall wäre Marica der Bürgermeister und Ferenc der Pfarrer. Sie mögen einander, gehören aber unterschiedlichen Lagern an. Im Grunde ihres Herzens sind aber beide auf derselben Seite. Sie wollen, dass es den Menschen gut geht. Das können sie einander aber nicht eingestehen." – „Ich habe aber gehört", wirft Don Stipe flüsternd ein, „dass die beiden ihre weltanschaulichen Differenzen auf eindeutige Weise beigelegt haben." – „Können wir bitte beim Thema bleiben?" Jelka verdreht die Augen. „Also. Eigentlich müssen wir nur an die beiden denken, und dann haben wir ja wohl mit der Interpretation der Rollen kein Problem mehr. Und wie man eine Schlägerei anfängt, wie man dem anderen einen Streich spielt und wie man die Sache dann unter sich regelt, das ist ja wohl nicht nur in der Po-Ebene so. Das ist in Mjenovo ganz gleich." Nach dieser präzisen Einschätzung der Figuren, die der Reporter und Autor Giovannino Guareschi im fernen Italien geschaffen hatte, ohne jemals von Marica Kuzmits und Ferenc Karall gehört zu haben, beginnen die beiden mit dem Einstudieren einer prägnanten Szene. Don Stipe schlägt vor, zum Lockermachen eine Schlägerei nachzustellen. „Kein Problem! Mit oder ohne Gewehr?" – „Wir lassen einmal nur die Fäuste sprechen." Jelka in Soutane und Don Stipe in Hosen und Hut nehmen Aufstellung und heben die Arme.

Die Falltür geht auf, Jakov steckt den Kopf heraus und sieht, mit nur einem Auge, das andere ist zugeschwollen, Jelka in einem Priestergewand, das an den richtigen Stellen zu eng ist, und Don Stipe, den er in Zivil nicht gleich erkennt, in einer Position, die ihn an die vergangenen Stunden im Palatinwirtshaus erinnert. „Dich schickt der Himmel!“, ruft Jelka, ganz in ihrer neuen Rolle aufgegangen. „Der Erzähler, der aus dem Untergrund auftaucht! Wäre das nicht eine blendende Regieanweisung, Don Stipe?“ – „Si, si, una Regieanweisung magnifica, signorina Jelka.“ Wer könnte Jakov in dieser Situation verdenken, dass er nicht weiß, was in seinem eigenen Wirtshaus gespielt wird. Er steigt aus der Falltür und lässt sich zuerst von Jelka Eis auflegen „Oh, ich lasse mir von Jelka Eis auflegen!“ und sich währenddessen von Don Stipe über die Situation aufklären. Jakov überlegt, ob es wohl eine gute Idee gewesen ist, eine Verordnung zu unterschreiben, die einem sowieso schon überkandidelten Pfarrer jeden ersten Sonntag im Monat frei gibt. Als er aber erfährt, dass er bei der neuesten Idee seines Freundes den Erzähler geben soll, und zwar samstags, was bedeutet, jeden Samstagnachmittag in Jelkas Nähe zu sein, findet er seine Unterschrift völlig gerechtfertigt und fügt sich gerne in die Rolle des Erzählers.

„Als Don Camillo eines Morgens aus der Pfarrei kam, stellte er fest, daß jemand während der Nacht mit roter Farbe und mit einen halben Meter großen Lettern auf die schneeweiße Wand der Sakristei ‚Don Camel' geschrieben hatte."

Die erste szenische Lesung endet mit dem Läuten der Kirchenglocken, die Don Stipe zur Samstagabendmesse rufen. Jelka schält sich aus der Soutane, die der Pfarrer überwirft, um in die Kirche zu eilen. Er wundert sich nicht einmal, dass einige der Kirchgänger an diesem Samstagabend in die Kirche humpeln, andere gestützt werden müssen und manche überhaupt fehlen. Er schaut noch ganz benommen und glückselig von den Eindrücken der vergangenen Stunden zu Christus am Kreuz und fragt sich, ob er jemals wieder zu ihm sprechen wird. Er wird sogar bis zum Ende seines Lebens darauf hoffen, einmal noch „Nur einmal noch!" die Original-Stimme des Herrn in seiner eigenen Kirche zu vernehmen. Ein vergebliches Hoffen. Denn Margit hat nur bis zu jenem Augenblick in die Geschichte eingegriffen, als Gesù Don Stipe dazu drängt mit Jelka die Rollen zu tauschen. Eine Freundin darf man nicht allein lassen, auch wenn Margit die Geschichte nicht so verändert hat, wie Jelka es sich gewünscht hätte. In der Nacht am Rande der Welt, in der Margit Szabo Hodi am Schwanz aus dem Abgrund heraufziehen musste, hatte sie Jelkas Exemplar von „Don Camillo und Peppone" mitgenommen und ausgelesen. Und darüber vergessen, auf die Faxen eines Esels, der ein Hendl beeindrucken möchte, zu achten. Dabei hätte die Szene eine 1A Ansichtskarte abgegeben.

Jelka und Margit treffen eine Abmachung. Margit weint unter dem Nussbaum. Jelka hält sie fest.

Nachdem Jelka die Soutane abgelegt hat, lässt sie sich von Jakov noch ein Nachtmahl kochen. Mit einem Stamperl Slivovic lassen sich sogar seine Krautrouladen einigermaßen verdauen. Sie verabschiedet sich gutgelaunt in die angebissenen Abendstunden des Samstags hinein, Jakov ritzt seufzend einen Strich in den Boden hinter der Wirtshausbudel und Jelka schmeißt sich mit einem eleganten Schwung auf ihr Fahrrad, sorgsam darauf achtend, dass weder Russen noch Hendl in Sicht sind. Ein Blick zum Palatinwirtshaus genügt, um zu erkennen, dass die Versammlung endgültig vorbei ist. Zu Hause findet sie Viktorija schlafend neben ihrem Bett. Bei Margit brennt aber noch Licht. Das ist wie eine unausgesprochene Einladung, findet Jelka und geht über den Hof. „Dobar večer Jelka, gut, dass du noch vorbeischaust, du hast als einzige die Verordnung noch nicht unterschrieben." Margit hält ihr den Zettel hin. Mit der Hand hat sie die fehlenden „s" hinzugefügt, damit nachher niemand sagen kann, er hätte nicht gewusst, was er unterzeichnet hat. „Wie war's mit Don Stipe und Don Camillo?" – „Es war fan-tas-ti-co! Gott sei Dank hast du dich in die Geschichte nicht eingemischt! Ich bin Don Camillo und Don Stipe ist Peppone und Jakov ist der Erzähler. Das musst du dir einmal anhören. Wenn alles gut geht, wollen wir im nächsten Sommer eine kleine Theateraufführung machen. Was sagst du dazu?“

Margit sagt dazu nichts, klopft sich allerdings unsichtbar auf die Schulter und grinst. „Ich sehe, wie du dir unsichtbar auf die Schulter klopfst und grinst“, grinst Jelka. „Ich will gar nicht wissen, weshalb, stattdessen frage ich dich – willst du wissen, was vergangene Nacht passiert ist und worüber ich mit Jakov auf dem Birnbaum geredet habe?“

Margit antwortet, indem sie nicht antwortet, und also steht Jelka auf und kommt mit sieben Stößen Briefen aus sieben Jahren zurück, um sie zwischen sich und Margit auf den Tisch zu legen. „Das ist dein Einsatz, Margit, und du weißt, dass es hier um mehr geht, als darum, was mir ein verliebter Mann zu nachtschlafender Zeit vom Himmel erzählt, nachdem ich mit ihm zu ‚La mer‘ getanzt habe. Es geht um dich, um dich und wieder nur um dich. Es geht aber auch um deinen Opapa, der tot umgefallen ist am Tag vor deinem siebten Geburtstag. Es geht um deine Staramajka, mit der du so viele Nachmittagsstunden im Birnbaum gesessen bist und die wir, du und ich, gemeinsam auf den Minihofer Friedhof begleitet haben. Es geht um deine Eltern und um deine Brüder. Es geht um deine Mutter, die jeden Monat einen Brief schreibt und nie Antwort von dir erhält, obwohl du die begehrteste Minihofer Briefeschreiberin bist. Aber im Grunde geht es nur um dich, Margit. Ich mache dir einen Vorschlag: Wir gehen vors Haus und ich zähle mit dir die sandigen Flecken im blauen Sockel. Wenn alle 72 noch da sind, dann setzen wir uns unter den Nussbaum, weil dann nichts Schreckliches passiert sein kann, wie du weißt. Ich erzähle dir, was in den Briefen gestanden ist, die ich schon deiner Omama unter dem Nussbaum vorgelesen habe, während du, rückwärtsgehend, Richtung Kirchenplatz verschwunden bist. Und dann nehme ich die Briefe deiner Mutter und lese sie dir vor. Wenn du nicht mehr zuhören kannst, weil es dir zu viel ist, wenn du nicht mehr zuhören kannst, weil so viele Jahre nicht in eine Nacht passen, dann sag es mir. Dann hör ich auf."

Der Vollmond steht genau über Mjenovo, steht genau über dem Nussbaum und bescheint Margit und ihre Freundin Jelka, während sie gemeinsam in die Vergangenheit reisen. Er setzt zuerst die Erzählungen Jelkas in Szene, die sie wild gestikulierend für ihre Freundin interpretiert. Er spendet der Vorleserin genug Licht, damit sie sieben Jahre aus 84 Briefen herausliest. Er sieht, als einziger Zeuge dieser Nacht, wie Margit, in einem blinden Spiegel, ein schemenhaftes Bild von sich selber sieht. Eine noch ungenaue Zeichnung dessen, was sie war oder ist oder sein könnte. Hin und wieder schiebt sich eine nachsichtige Wolke vor den Mond, damit kein Auge auf Margit Szabos Tränen fallen kann. Dann wiegt Jelka sie. Nach vor, zurück, nach vor, zurück. Und sie hält sie fest, als sie weint und schreit und weint und am ganzen Körper zittert und sich auf den Boden legt, auf die Straße vor dem Haus in Sotbend 7b. Und Jelka setzt sich dazu und liest den letzten Brief vor, den sie erst vor wenigen Tagen zugestellt hat. Da ist die Nacht schon fast vorbei, ein feines, fast durchsichtiges Blau schimmert von Weitem und kündigt den neuen Tag an. Jelka wischt mit ihrem Daumen die salzigen Spuren aus Margits Gesicht.

„Hodi, Jelka, hodi", ist das erste, was Margit Szabo sagt, als sie ihre beim Zuhören zu Boden gefallenen Worte wieder findet, aufklaubt und in den Säckel steckt. Gemeinsam gehen die beiden durch das Tor, über den Hof, durch den Garten, am Birnbaum vorbei, vorbei an der Himbeerstaude, unter der Hodi schläft, über die Wiese, und über noch eine Wiese und ein Feld, bis zum Rübenacker links hinter Mjenovo. Am Ende der Welt setzen sich Margit und Jelka dicht nebeneinander und lassen die Beine ins Nichts baumeln. Sie schauen in den schwarzblauen Kosmos, schauen auf das schwachfunkelnde Glitzern und füllen sich mit der Leere der Nacht an, bis alles wieder gut ist und leer ist und bereit ist, von Anfang an zu beginnen. Dann nimmt Margit 84 Briefe und noch einmal so viele Erzählungen und wirft sie, Stück für Stück ins Bodenlose.

Sonntag

Ein Wochenende geht zu Ende. Don Stipe erschrickt. Jemand hinterlässt eine Nachricht.

Um dreiviertel zehn am Vormittag betritt Ferenc Karall in Begleitung der Marica Kuzmits den Glockenturm der Kirche, um zusammenzuläuten. Mjenovos Häuser stehen heute alle leer, denn jede und jeder einzelne Minihofer erscheint vor der Kirche. Unbeteiligte Vorbeireisende wären beim Anblick der maroden Dorfbewohner wahrscheinlich stehen geblieben, um später ungläubigen Zuhörern davon zu erzählen. Bis zum Ende des Sommers wird es noch dauern, bis alle Veilchen verschwunden, alle Prellungen abgeklungen und die aufgeplatzten Lippen verheilt sind. Als Don Stipe gedankenverloren um die Ecke biegt, erschrickt er. Er hat sich zwar immer gewünscht, dass einmal ausnahmslos alle Dorfbewohner in die Sonntagsmesse kommen, in seiner Vorstellung haben sie aber etwas besser ausgesehen. „Majka Božja, was ist denn mit euch passiert?“ – „Ach, nicht der Rede wert!“ Marica Kuzmits will auf die näheren Umstände der gestrigen Versammlung lieber nicht im Detail eingehen. „Wir haben dir was zu sagen, Don Stipe.“ Aufs Stichwort biegt Jelka, mit Margit auf dem Gepäckträger, auf den Kirchenplatz ein, und Marica wird eilig die nun vollständig unterschriebene Verordnung ausgehändigt. „Es wirkt so, als ob heute Sonntag wäre, und irgendwie ist es auch so. Ich meine, überall anders ist es auch so. Weil aber heute der erste Sonntag im Monat ist, ist bei uns in Mjenovo nicht Sonntag, sondern Samstag. Und morgen ist dann also Montag. Capisci?“ Don Stipe versteht logischerweise gar nichts, bis Missis die Angelegenheit in die Hand nimmt und feierlich die Verordnung vorliest. Ein vor Glück sprachloser Monsignore sieht zu, wie die Tischlerin Margit Szabo den Zettel an die Kirchentür nagelt. Und dann ist kein Halten mehr – die Männer werfen ihre Hüte in die Höh, die Frauen fangen sie wieder auf, die Palatins und Jakov stellen Sessel und Tische auf den Kirchenplatz. Also Mulatság. Am Samstagvormittag. Don Stipe kann noch rechtzeitig davon abgehalten werden, sein Gedicht „zur Feier des Tages!“ noch einmal aufzusagen. Es wird getanzt und gesungen und gegessen und gelacht, denn gestritten hat man am Vortag schon genug, und als jemand vorschlägt, als Ehrerbietung an den verlorenen Sonntag zumindest das Kirchenlied „Rajska Diva“ anzustimmen, kommt zwischendurch auch noch feierlich-rührselige Stimmung auf. „Das Lied klingt hier noch viel schöner als in der Kirche“, findet der Mesner Ferenc Karall, und wirft einen zufriedenen Blick auf die Marienstatue. Don Stipe stimmt der Missis gegenüber wieder einen versöhnlichen Ton an, sie trägt heute auch nicht mehr die Sonnenbrille des Bürgermeisters.

„Was ist eigentlich in der Nacht passiert, als du mit Jakov zu ‚La mer' getanzt hast, und worüber habt ihr geredet, als ihr im Birnbaum gesessen seid?" Jelka und Margit teilen sich eine kurze Bank vor Jakovs Wirtshaus. „Nichts ist passiert. Wir haben zu französischen Chansons getanzt, und als Don Stipe und Missis die Platte mit den italienischen Arien aufgelegt haben, sind wir in den Garten gegangen und haben uns auf den Baum gesetzt. Jakov wollte mir seine Liebe gestehen, er hat sich aber nicht getraut. Deshalb hat er mir von dem Tag erzählt, an dem seine Mutter Sveta Buborčica gestorben ist. Und er hat mir erzählt, dass er sich nicht mehr an seinen Vater erinnern kann, dass er Angst hat, weil er nur mehr ein Glas Gurken von seiner Mutter übrig hat. Er hat mir erzählt, wie es war, mit der lebenslustigen Viktorija und ihrem Sohn Stipe aufzuwachsen. Und dann bist du hinter der Himbeerstaude aufgetaucht, mit Hodi und dem Hendl im Anhang."

Am Abend, als alle Minihofer schon längst in ihren eigenen oder fremden Betten schlafen und von verschollenen Wochentagen, glücklosen Poeten und mit Himbeerlekvár gefüllten Grammelknödeln träumen, klopft Margit Szabo an Jakovs Wirtshaustür. Er öffnet mit dem Ellbogen, denn seine Hände sind voll Teig „Ich probier ein neues Rezept aus", und bittet Margit hinein. „Danke, aber ich geh gleich wieder. Ich habe dir etwas mitgebracht."

Die rosenrote Aster im Gurkenglas leuchtet wie an jenem Tag, an dem Margit sie von Sveta Buborčicas Grab genommen hat, um sie einzulegen. Für später.

Am nächsten Morgen findet Jelka eine mit der Hand geschriebene Nachricht, die jemand an ihre Tür genagelt hat. Darauf steht: „Warte nicht mit dem Mittagessen. Bin in Amerika."

Mjenovo
mehr oder weniger
20 Jahre später

Ein Freitag im Juli

Die Presse berichtet über Mjenovo.
Ein Geheimnis bleibt topsecret.
Jesus ist eine Frau.

Die Frühstückspension „Casa Palmira – konac svita“ ist, wie immer im Juli, völlig ausgebucht. Der Betreiber der Pension hat bis zum Ende des Sommers kein einziges Zimmer frei. Er könnte sogar noch einmal so viele Gäste aufnehmen, was er aber nicht will. „Was genug ist, ist genug. Ich mach das ja nicht, um Geld zu verdienen.“ Er steht in der Küche und macht Frühstück für acht. Fünf Zimmer, zehn Gäste. Vier sind aus der Landeshauptstadt Željezno angereist, zwei Reporterinnen und ein Kameramann plus Assistent. Die zwei Damen hat Don Stipe hinter vorgehaltener Hand „alte Hutblumen“ genannt, was einerseits exakt der Wahrheit entspricht, andererseits haben sich die beiden am Vorabend im Palatinwirtshaus als ziemlich trinkfest erwiesen. Die kleinere hat sogar Jelka unter den Tisch getrunken, die größere hat Tetac Palatin beim Armdrücken geschlagen. Sie werden eine ganze Woche in Mjenovo bleiben, um eine Dokumentation zu drehen. „Wenn sie so weiterfeiern, werden sie ihren Aufenthalt schier verlängern müssen“, sagt Pero Csmarich zu sich selbst, als er die Eier in die Pfanne schlägt, denn das Kamerateam stand den Reporterinnen beim

Feiern um nichts nach. Immerhin sitzen die Männer, im Gegensatz zu ihren Kolleginnen, schon beim Frühstückstisch und haben sich zur Eierspeis mit Zwiebeln und Speck ein Reparaturseidl bestellt. Ein distinguiertes Ehepaar aus Wien sitzt am Nebentisch und beäugt naserümpfend die heimischen Frühstückssitten. Sie trägt schon um neun Uhr früh eine Perlenkette und eine Fönfrisur, er komplettiert seine Wanderschuhe mit einer Knickerbocker aus Schnürlsamt. „Die Knickerbocker hat Bundfalten! Hast du das gesehen, Don Stipe?" Missis interessiert sich auch mit siebzig für Mode und ist „Shocking!" schockiert. „Ich frage mich eher, wofür er die Wanderschuhe braucht. Oder hast du schon einmal jemanden bei uns wandern gesehen? Von einem Wirtshaus zum anderen, ja, aber das geht bei uns auch ohne Schuhe." Die Wanderschuhe und die Fönfrisur schicken den Häferlkaffee zurück „Was soll das bitte sein?" und nehmen „das, was die zwei Herren haben". – „Na, geht doch", findet Pero Csmarich und serviert den zurückgeschickten Häferlkaffee gleich den beiden Amerikanerinnen, die den ganzen Sommer bei ihm gebucht haben. „Great, Peter, great! We love your coffee, how do you prepare it?" Peter zwinkert ihnen zu: „It's a topsecret Mjenovo-Geheimnis", und er ist stolz auf die Fremdsprachenkenntnisse, die er sich auf seiner Reise vor drei Jahrzehnten zugelegt hat. Die beiden letzten

Gäste sollen im Laufe des Freitagnachmittages erscheinen, auf ihre Ankunft freut sich Pero seit Monaten. Er hat den Frühstücksraum deshalb besonders schön hergerichtet. An den Wänden hängen seit neuestem ein hiniger Kompass, ein rostiger Anker, ein Oktopus aus Plastik und eine Landkarte mit Fähnchen. Nichts erinnert in diesem Raum mehr an die Tischlerei, die früher hier untergebracht war. Das letzte, was Pero als Tischler angefertigt hat, war die Einrichtung seiner Frühstückspension. Fünf Himmelbetten, für die die Missis Vorhänge aus alter, schnörkselig bestickter Bettwäsche genäht hat. Die Kredenzen zieren feine Intarsienarbeiten, Erinnerungen an Stationen seiner Reise. Auf jeder Kredenz ist die Silhouette eines Ortes zu sehen, dementsprechend hat er auch die Zimmer benannt. In „Budvar“ und „Karlovačko“ hat er die Fernsehleute einquartiert. Das Ehepaar aus Wien schläft in „Montalcino“, die amerikanischen Ladies wohnen in „Oban“ und für seine noch ausständigen Gäste hat er das schönste Zimmer – „Cognac“ – reserviert.

Nachdem auch die beiden Hutblumen den Weg aus Budvar in seinen Frühstücksraum gefunden haben und sich Brot in den Häferlkaffee bröckeln, widmet er sich dem letzten Schliff zur Eröffnung der Sommersaison. Er nimmt eine Leiter und lehnt sie an die Front seines Hauses. Wo früher „Tischlerei Csmarich“ gestanden ist, hängt nun schon seit vielen Jahren ein Schild mit der Aufschrift „Casa Palmira – konac svita“. Missis Karlovits hat ihn darauf aufmerksam gemacht, dass die Farbe des Schildes Farbe nötig hätte. „Und wenn sie es sagt, dann muss es wohl stimmen. Sie kennt sich in diesen Dingen aus, sie war immerhin in Wales oder Irland.“ Pero freut sich auf den Augenblick, wenn Palmira und Xosé am Nachmittag eintreffen werden und sehen, dass er sein Haus nach ihrer Bar benannt und als Reminiszenz an seine Zeit in Fisterra „konac svita“ – „Ende der Welt“ hinzugefügt hat. Die Buchstaben sind orange, weil Palmira eine orangefarbene Markise hatte und Pero hofft, dass es ihr gefallen wird. Zehn Jahre hat er auf diesen Augenblick gewartet, weil Palmira Andrade Fernández und Xosé Rúa Opazo nicht ausreisen durften. Als die Zuständigen in Francos Diktatur nach vielen Jahren die Reise doch bewilligt hatten, spendete Pero der Minihofer Kirche eine riesige Kerze und seinen Freunden eine ausgiebige Runde.

Don Stipe eilt mit wehender und durchschwitzter Soutane die Straße herauf. „Wo sind sie?“ – „Wo sind sie? Wen meinst du?“ – „Die beiden Hutblumen!“, zischelt Don Stipe zu Pero hinauf. „Ich soll ihnen ein Interview geben, bevor hier die Hölle ausbricht.“ Der erfahrene Frühstückspensionsbesitzer klärt den Monsignore darüber auf, dass er vor Mittag nicht mit den Damen rechnen sollte. „Hast du zumindest Jelka gesehen? Wir müssen noch zur

Anprobe. Und ich kann Missis nirgends finden." Don Stipe ist in seiner Doppelrolle als Monsignore und Intendant „Nennt mich nicht Intendant, nennt mich einfach nur Maestro" zu Beginn der Saison stets ein wenig aufgelöst.

Jelka und Missis sind längst beim Probieren, allerdings nicht beim Anprobieren der Kostüme für den Premierenabend, sondern beim Kosten des Buffets, das Jakov in seiner Wirtshausküche vorbereitet. „De-li-cious! Just de-li-cious!" Missis nimmt sich noch eines der kleinen Canapés, die Jakov mit der Ausdauer eines Marathonläufers belegt. „Lasst noch ein paar übrig für heute Abend, Ladies." Jelka weiß, dass er ein Tablett nur für sie alleine vorbereitet hat, damit sie im Laufe des Tages vor lauter Lampenfieber nicht umfällt, und deshalb macht sie es wie immer, sie hält sich einfach nicht zurück und lässt sich von Jakov küssen, während sie ein belegtes Brot mit Salami, Käse, Eiern und einer Minigurke kaut. „Du bist noch schöner als sonst, während du meine Brote isst!" – „Ich kann becher denken, wenn ich deine Brote eche, mein Lieber! Da kann ich mir meinen Tekt becher merken."

Am Premierenabend der Festspielsaison hält Jakov das Wirtshaus stets geschlossen, weil er sonst mit dem Andrang am Buffet nicht fertig wird, und weil er außerdem den Auftritt seiner Frau als Don Camillo nicht versäumen will. Auch heute hängt an der Tür des Hauses „Wegen

Theatervorstellung geschlossen". Viele Gäste kommen nicht nur wegen der „Don-Camillo-und-Peppone-Festspiele" nach Mjenovo, sondern auch wegen seines renommierten und hochdekorierten Lokals „Strudel der Gefühle". Seitdem ein angesehenes französisches Magazin getitelt hat „Haute cuisine am Ende der Welt" und er gemeinsam mit Jelka das Titelblatt geziert hat, ist er stets so gut wie ausreserviert. Auf dem Photo des Magazins stehen beide im Türrahmen des Wirtshauses, Jakov trägt eine Kochschürze und hält mit einer Hand eine Gurke in die Höh, mit der anderen umfängt er die Taille seiner Ehefrau, in Postlerinnenuniform mit Brosche. „Besonders empfehlenswert ist das Degustationsmenü Sveta Buborčica, ein kulinarisches Acht-Gänge-Weltwunder für zwei. Jeder einzelne Gang, vom Amuse-Gueule bis zum Dessert basiert auf einem einzigen Produkt, einer ordinären Gurke! Wir hörten, in diesem Ort am Ende der Welt gäbe es außer dem Lokal ‚Strudel der Gefühle' noch eine weitere Attraktion, ein sommerliches Theaterfestival. Die Karten dafür sind aber auf Jahre hinaus ausverkauft."

Mit den auf Jahre hinaus ausverkauften Karten haben die Camemberts vielleicht etwas übertrieben, die „Don-Camillo-und Peppone-Festspiele" zählen allerdings tatsächlich zu den etablierten Festivals im Land. Anfang der 50er Jahre haben Don Stipe und Jelka mit einer kleinen szenischen Lesung im

Palatinwirtshaus begonnen, in den Jahren danach ist man auf den Kirchenplatz ausgewichen, einerseits wegen des Platzmangels, andererseits wegen der Authentizität der Kulisse. „Ier spüre iche die Stimme des erren, ere sprichte zu mir und ich kann mich in meine Rolle bessere ineinfalle lassene“, pflegt der Monsignore über den Schauplatz am kod crikve zu sagen. Dass er den kommunistischen Bürgermeister verinnerlicht hat wie kein zweiter, widerspricht seinem Berufsethos keineswegs, findet er, und das finden auch Publikum und Presse. „Monsignore Che Guevara“ ist er sogar einmal in einer Kritik genannt worden, die ausgeschnittene Zeitungsseite hat er neben die verblasste Verordnung an die Kirchentür genagelt. Die kleinste Rolle, aber die lauteste Fangemeinde hat aber Marica. Ihre Interpretation des sprechenden Jesus am Kreuz wird von frenetischen Zwischenapplausen, anzüglichen Pfiffen und hochgehaltenen Transparenten begleitet. „Marica go Jesus“ steht etwa auf den Spruchbändern und diese waren schon ein oder zwei oder drei Mal Anlass für eine ordentliche Schlägerei. Nicht etwa, weil man darin Blasphemie witterte, sondern weil manchem Zuschauer dadurch die Sicht versperrt wurde. Zu Beginn hat noch Jakov den Erzähler gegeben, als sein Lokal aber immer beliebter wurde und man den Premierengästen zumindest ein Buffet bieten wollte, übernahm Ferenc „Feri“ Karall, der Mesner, den Part des Giovannino Guareschi. Das war ein kurioses Bild für alle Auswärtigen, als sich Jesus und der holzbeinige Erzähler am Ende der Vorstellung, noch während des begeisterten Abschlussapplauses, vor Erleichterung küssten. Ein Kritiker ortete daraufhin eine überaus tiefgründige Interpretation, eine autoreferentielle Auslegung, die dem Erzähler vulgo Autor vulgo Giovannino Guareschi eine homoerotische Beziehung zu seinen Figuren attestierte. Die viferen unter den Zuschauern fragten zaghaft: „Gehört das zum Stück?", und verlangten noch mehr Küsse. Diese kleine Episode auf der Bühne zwischen dem ungewöhnlichen Paar wurde als fixer Bestandteil des Abends vom Publikum eingefordert, das am Ende jeder Vorstellung entfesselt „Il bacio! Il bacio! Il bacio!" skandierte.

„Ich hoffe, Marica und Ferenc versöhnen sich bis zum Abend, sonst wird das heute nichts mit der Schmuserei auf der Bühne." Jelka, Hauptdarstellerin und Regisseurin der Inszenierung in einem, macht sich durchaus berechtigte Sorgen. Das streng atheistisch-katholische Paar hat bei der Generalprobe gestritten. Sie hat vom Kreuz herunter geschrien: „Was heißt, wir können am Sonntag keinen Ausflug machen, hä? Kannst du nicht einmal, ein einziges Mal nicht in die Kirche gehen?" Und er hat von unten, aus sicherer Entfernung, heraufgegrinst: „Nagle mich nicht ans Kreuz, aber ich habe meine Prinzipien!" Immerhin haben die beiden die Generalprobe verpatzt, und Jelka ist geneigt, dies als gutes Zeichen für die Premiere zu sehen. Ob ihr Kittel, der heute nach dem Frühstück ein bisschen spannt, ein gutes Zeichen für die letzte Anprobe ist, wird sich noch herausstellen.

Ein Esel bleibt immer ein Esel.
Der Slivovic vom vergangenen Winter schmeckt hervorragend. Eine Soutane wurde an den richtigen Stellen geändert.

Unter der Himbeerstaude liegt, grau und weich und wunderschön, der Esel Hodi. Wie es seiner Art entspricht, ist sein Unter-der-Himbeerstaude-Liegen pittoresk, die bukolische Szene komplettiert ein etwa siebenjähriges Mädchen, das auf dem Boden sitzt und mit seinem Rücken an des Esels Rücken lehnt. Es hat gerade zwei gelbe Löwenzähne gepflückt. „Eine Blume für Hodi, eine Blume für Anica." Und steckt sich die Blume zwischen die Lippen, so wie sie es bei ihrem besten Freund gesehen hat. Gerade an diesem Tag hat sich der Sommer wie eine in vielen Stunden und ohne Eile bestickte samtene Decke über Mjenovo gelegt. Einen heißen Tag verbringt man am besten im Schutz wohlschmeckender Früchte, lautet eine alte, nicht sicher überlieferte Eselsweisheit. Hauptsache, man sieht schön dabei aus. Anica nimmt jedesmal den Löwenzahn aus dem Mund, wenn sie eine Himbeere isst. Hodi kann beides auf einmal, den Löwenzahn im Maul behalten und sich von Anica mit Himbeeren füttern lassen. „Wie Teta Jelka!", bewundert Anica beide gleichzeitig, den Esel und die Teta.

Als hätte sie aufs Stichwort gewartet, einmal Theater, immer Theater, tritt Jelka durch das Tor Sotbend Nummer 7. „Servus Anica, servus Hodi!“, schreit sie in den Garten, denn wo wären die beiden an diesem besonderen Tag sonst, als unter der Himbeerstaude. „Teta Jelka!“ Hodi hebt nur ein wenig und betont gelangweilt den Kopf, als Anica durch den Garten rennt, durch den Hof und Jelka in die Arme springt. „Was machen die Himbeeren?“ Anica stopft Jelka ein paar zerquetschte, handwarme Beeren in den Mund. „Mmmh, köstlich! Köstlich! Sind das schon alle? Wo ist deine Mama, Anica?“ Anica deutet auf die Tür. Hinter ihrer ehemaligen Haustür hört Jelka lautes Fluchen. „Wie soll ich, bitte, die Sessel und Tische so zimmern, dass sie einerseits nicht gleich zusammenbrechen, wenn ihr euch draufsetzt und andererseits theatralisch in Stücke gehen, wenn die Schlägerei losgeht? Deine Einfälle sind einfach nicht umzusetzen Jelka!“ Margit dreht sich genervt zu ihrer Freundin um. „Slivovic?“ – „Slivovic!“ – „Und Himbeersaft!“ – „Na gut, ausnahmsweise Himbeersaft“, sagt Teta Jelka zu Anica, „aber nur ein Glas, zu viel davon ist ungesund.“

Alle drei setzen sich mit ihren Getränken in den schattigen Hof. Den Slivovic haben Jelka und Margit im letzten, gerade angegänzten Winter gemeinsam gebrannt, denn auch wenn Jelka sich schon lange nicht mehr eine Adresse mit ihrer Freundin teilt, Zwetschkenschnaps bleibt Zwetschkenschnaps. „Ich finde, er ist uns diesmal besonders gut gelungen“, findet Jelka und schenkt nach. „Jelka, ich weiß, das ist ein bisschen viel verlangt heute, aber kannst du mir bitte meinen Besuch aus Amerika vom Leib halten?“ Die zwei Amerikanerinnen, die in der „Casa Palmira“ abgestiegen sind und „Den ganzen Sommer! Den ganzen Sommer!“ bleiben, sind, streng genommen, Anicas Omama und deren Schwester. Grandma Jen und Aunt Mildred haben sich selber eingeladen, weil sie Anica besuchen wollten. Nie war Margit so froh über Pero Csmarichs Frühstückspension als an dem Tag, an dem Jelka den Brief mit der Ankündigung des Besuchs zugestellt hatte. Ihr fehlten die Nerven, ihre indiskrete, stets nörgelnde Schwiegermutter plus Anhang in ihrem Streckhof unterzubringen und einen Sommer lang zu bewirten. Anicas Vater würde in diesem Sommer erst Ende des Sommers nach Mjenovo kommen, er hatte seine entschlossene Mutter und deren Schwester nicht davon abhalten können „schon einmal ohne ihn zu fahren“. „I'm so sorry, Margit“, telegraphierte er ihr ins Postamt. Margit war auch sehr sorry, vor allem für sich selbst, denn ihr Verhältnis zu Grandma Jen ist keines, das von wohlwollender Zuneigung oder auch nur distanzierter Wertschätzung erzählt.

„Weißt du was, wir hängen sie einfach Missis Karlovits um! Die war ja in ihren jungen Jahren in Kanada oder Amerika und ist sicher froh, wenn sie wieder einmal ordentlich Englisch reden kann! Ich muss jetzt sowieso zur Anprobe, da nehm ich sie einfach mit." Anica kommt auch gleich mit, sie mag Staramajka Jen, vor allem ihr in Wellen gelegtes blondiertes Haar, das sie leider nie frisieren darf.

„Du magst Staramajka Jens in Wellen gelegtes, blondiertes Haar, Anica, stimmt's? Wenn der Sommer vorbei ist, dann lass ich mir die Haare wieder wachsen, und dann darfst du mich frisieren", ruft Jelka nach hinten Richtung Gepäckträger, auf dem Anica Platz genommen hat und sich an die weiche, weiche Taille ihrer Teta Jelka klammert. Zum einen, weil es keine schönere Taille gibt als die ihrer Patentante, zum anderen, weil sich Teta Jelkas Fahrstil nicht verändert hat. „Darf ich es färben?" – „Um Himmels Willen, nein! Oder hast du schon einmal einen blonden Don Camillo gesehen? Es reicht, wenn ich mir jeden Sommer für die Rolle die Haare schneiden muss. Frag mal Tetac Jakov, wie ihm das gefällt." Jelka biegt mit einem Karacho um die Ecke, überquert den Kirchenplatz und bringt ihr rotes Fahrrad vor Pero Csmarichs Frühstückspension zum Stehen. Pero betrachtet gerade wohlwollend sein frisch und orange „Orantsche!" überpinseltes Schild und findet, dass das Ende der

Welt noch nie so schön war wie heute. „Sind die beiden Hutblumen da?" – „Nein, die holen sich gerade mit ihren Kollegen bei den Palatins ein zweites Frühstück, bevor sie Don Stipe interviewen." – „Nicht die Hutblumen, die anderen." Jelka deutet mit dem Kopf zu Anica. „Ach so, die! Die machen gerade einen Spaziergang durchs Dorf." – „Wenn du sie siehst, Pero, schick sie zur Missis."

Im Schlafzimmer der Missis, vor dem dreiteiligen Kommodenspiegel, steht Don Stipe und dreht sich so, dass er sich auch von hinten sehen kann. Er ist mit dem Sitz seines Sakkos noch nicht ganz zufrieden. „Don Stipe, du bist ein kommunistischer Bürgermeister, kein italienischer Gigolo. Und den Hut darfst du nicht so weit nach hinten schieben, du bist Peppone, nicht Frank Sinatra." – „Eine gute Idee, Missis Missis! Denkst du, wir könnten in das Stück eine Musiknummer einbauen?" – „Nein, können wir definitiv nicht!" Jelka stemmt die Hände in ihre schönen Hüften. „Es reicht, wenn deine Eröffnungsrede keine Rede, sondern ein Gedicht ist." – „Der Monsignore ist fertig. Jelka, probier die Soutane, ich habe sie an den richtigen Stellen ein bisschen geändert." Jelka wirft unter den bewundernden Blicken Anicas die Soutane über und sagt: „Sitzt perfekt! Da passt sogar noch ein Tablet mit Canapés hinein." Anica bleibt bei Missis Karlovits und darf alle Kleider ausprobieren, auch das alte Charlestonkleid mit den Schlafzimmervorhangfransen.

Das ganze Dorf hat sich herausgeputzt. Überall werden noch die Pelargonien vor dem Fenster abgezupft, die Plätze vor den Häusern gekehrt und die Blusen für den Premierenabend gestärkt. Ganz Mjenovo hat für die Premierenvorstellung Freikarten, das hat Marica durchgesetzt. Prominenz und Politik sind geduldet, aber nicht ausdrücklich erwünscht, und wenn, dann erhalten sie nur Karten hinter den Fans, die die Transparente schwenken, und zahlen müssen sie sie auch. „Oder hat sich vielleicht Jesus mit den Machthabenden verbündet?" Der einzige, der einen besonderen Platz in der ersten Reihe bekommt, ist der Bischof. Und das hat Don Stipe auch nur deshalb durchgesetzt, weil er, neben Marica selbst und ihrem Feri, das einzige dritte Mitglied von MAFASCH ist und Ferenc „in diesem Fall" auf der Seite des Monsignore. Marica wurde zweistimmig überstimmt und musste sich, ihren eigenen Statuten folgend, hosenträgerschnalzend fügen. Dass sich seit zwei Jahrzehnten niemand mehr um die Aufnahme in ihrer geheimen Geheimorganisation bemüht hat, sieht Marica nicht als Niederlage, sondern als Werk des bürgerlich-katholischen Lagers. Don Stipe hatte sich gleich, nachdem ihm jeder erste Sonntag im Monat als freier Tag zugesprochen wurde, als Mitglied beworben. Er ist Kassier, Ferenc Schriftführer und Marica Vorsitzende von Mjenovos atheistisch-feministisch-anarchistischen Schwestern. Don Stipe will heute Abend in seinem Begrüßungsgedicht den Bischof erwähnen, er überlegt immer noch, worauf sich Bischof reimt. Jetzt aber geht er, gewandet in zweifache Autorität, einmal als Maestro, einmal als Kassier, zum Ehepaar Marica und Ferenc, um ihren Streit zu schlichten.

Die Presse wittert eine Story.
Grandma Jen erzählt zu viel.
Don Stipe sucht nach einem Reim.

Auf ihrem Spaziergang durch den Ort beobachten Grandma Jen und Aunt Mildred, wie sich Mjenovo von einer normalen Dorfschönheit in eine reizende Landlady verwandelt, deren altmodischer Schick an gehäkelte Spitzen und in Wein getränkten Sonntagsguglhupf erinnert. Sie begegnen sogar einem Esel mit Löwenzahn, der sich genau vor der Schule erleichtert. „Erinnert dich das nicht an das Moor des ewigen Gestankes, Mildred?“ – „Absolutely! Jetzt weiß ich auch, woran es mich erinnert!“ Auf dem Kirchenplatz hören die Schwestern eine Schreierei und eilen hin, um einerseits einen möglichen Streit zu schlichten und um andererseits nichts zu verpassen. Es ist aber nur Tetac Palatin, der vor dem Wirtshaus auf und ab geht und seinen Text übt. „Kommt alle her, es gibt eine Schlägerei! Don Camillo hat Peppone eine Tachtel mit dem Gewehr!“ – „Eine Tachtel mit dem Gewehr gegeben, ge-ge-ben!“, verbessert ihn seine Frau. Teta Palatin hilft Margit gerade dabei, die Sessel und Tische auf der Bühne an die richtigen Stellen zu rücken. „Es ist jedes Jahr das Gleiche, immer meldet er sich als einer von Peppones Leuten, und dann merkt er sich nicht einmal den einen Satz, den er sagen muss. Dabei ist der ja nicht einmal so weit hergeholt. Solche Szenen gibt es bei uns mindestens ein Mal im Monat. Na ist es nicht wahr, Margit?" – „No sigurno. Und heute ist auch wieder Vollmond, also pass auf deine eigenen Wirtshaustische auf." Margit grüßt ihre Schwiegermutter und deren Schwester, indem sie kurz die Hand hebt und beschäftigter tut als sie ist. Jen und Mildred setzen sich in den Gastgarten des Palatinwirtshauses und wollen sich eine Limonade bestellen. „Muss man sich heute selber holen", sagt die kleinere der beiden Reporterinnen. Die beiden begreifen das System nicht sofort: „Can it really be self-service, Jen?", weshalb die Kleine ins Wirtshaus geht und ihnen zwei Krügerl Bier bringt. Das erfrischende Getränk weckt den Balkan in den zwei amerikanischen Ladies. Sie werden sogar so übermütig, sich noch zwei Krügerl zu holen und lassen sich das Zapfen von der Kleinen zeigen. „Ich heiße Alexandra, aber alle sagen Mini zu mir." – „Nice to meet you, Mini!" Die durch das Bier geförderte sofortige und tief empfundene Sympathie mit den zwei Reporterinnen „Ich bin Katharina, und alle sagen Katharina zu mir" lockert die Zungen auf beiden Seiten. Grandma Jen erzählt offenherzig, dass die Frau, die die Bühne gebaut hat und gerade das neu beschriftete I.N.R.I.-Zeichen aufs Kreuz nagelt, streng genommen ihre Schwiegertochter ist. Dass sie eine Enkeltochter namens Anica hat und ihr Sohn, Leo, Ende des Sommers nach Mjenovo kommen wird.

Die Reparaturseidl haben Mini und Katharina schon wieder so weit hergestellt, dass sie bemerken, wann eine gute Geschichte eine gute Geschichte ist. Und eine spannende Geschichte scheint die schrullige amerikanische Dame mit dem blondierten, in Wellen gelegten Haar durchaus erzählen zu können. „Man soll sich nie von der äußeren Erscheinung täuschen lassen, merk dir das!“, hat Katharina der jüngeren Mini immer wieder erklärt. Und wie wahr! Nie war diese Journalistenweisheit so wahr wie an diesem bierseligen Mjenovovormittag. Der Kameramann Max und der Tontechniker Tom haben sich in der Zwischenzeit vom Frühstückstisch der „Casa Palmira“ erhoben und sind die paar Meter ins Palatinwirtshaus zu ihren Kolleginnen hinübergeschlendert. „Was ist mit dem Interview?“, fragt Max. „Später ist auch noch ein Tag!“, sagt Katharina. Max und Tom holen sich sicherheitshalber ein Bier an der Self-Service-Budel der Palatins und setzen sich zu den vier Hutblumen, um eine Erzählung-mit-amerikanischem-Akzent-lang zu vergessen, weshalb sie eigentlich hier sind. Die vier von der Presse und die zwei von South Bend, Indiana, rücken ein bisschen näher zusammen an dem Tisch vor dem Palatinwirtshaus und holen sich einen Sonnenbrand, weil Katharina zu Jen sagt: „Erzähl!“

Jen streicht sich über ihre Dauerwelle und erzählt von der ungewöhnlichen Liebesgeschichte ihres Sohnes Leo und der Szabo Margit aus Mjenovo. Diese ungewöhnliche Liebesgeschichte beginnt in einem Sommer Anfang der 60er Jahre, als sich der August schon wie September anfühlt und diese Ungerechtigkeit mit morgendlichen Gewittern und Regengüssen unterstreicht. In diesem ungemütlichen August ist Leo zu Besuch bei seinen Eltern. Er ist Orchestermusiker und als Orchestermusiker Oboist und gerade erschöpft von einer langen Tournee zurückgekehrt.

„Wegen dieser Tourneegeschichten kann er auch heuer erst so spät nach Mjenovo kommen!" Jen schaut hinüber zu Margit, die mit Teta Palatin die Wirtshaustische auf der Bühne deckt, aber Margit kann Gott sei Dank nicht hören, dass ihre quasi Schwiegermutter wieder einmal indiskret ist. „Nach diesen Tourneen ist er immer so aufgedreht, dass er nicht schlafen kann und dann steht er einfach auf, zieht sich an und geht spazieren. An einem dieser verregneten, schlaflosen, herrgottsfrühen Augustmorgen sieht er eine Frau, die vor dem Eingang des Zoos von South Bend steht und die Anschlagtafel studiert. Sie ist nass bis auf die Knochen. Das Wasser rinnt an ihren dunklen Locken herunter. Sie hat keinen Schirm und keinen Regenmantel, sie scheint gar nicht zu bemerken, dass es überhaupt regnet. Als mein Sohn sie anspricht, erschrickt sie so sehr, dass sie schreit und das erschreckt wiederum ihn so sehr, dass er auch schreit. Und dann lachen beide, weil Schreien in aller Herrgottsfrüh in einer menschenleeren Straße komisch ist. Die Frau versteht sein Englisch nicht sehr gut, und deshalb versucht Leo es zuerst mit Polnisch, die Vorfahren meines Mannes kommen nämlich aus Polen, und dann auf Deutsch, denn meine Urgroßmutter kommt aus Neckenmarkt. Und das hat sie dann verstanden. Sie hat ihn gefragt, ob er wisse, ob es im Zoo von South Bend einen Esel gäbe. Aber Leo hat ihr keine Auskunft geben können. Ich meine, das ist ja auch verständlich, was für ein normaler Mensch geht schon wegen eines Esels in den Zoo! Und dann hat sie sich wieder von ihm abgewendet und so sehnsüchtig auf das Zoogelände geschaut, dass er sie am liebsten zuerst abgetrocknet und dann getröstet hätte oder beides gleichzeitig, aber stattdessen hat er nur gesagt: Hast du schon gefrühstückt?"

„Wie soll ich schon gefrühstückt haben bei dem Stress? Als Maestro kommst du nicht einmal gescheit dazu, einen Häferlkaffee zu trinken! Madonna!" Don Stipe ist vom Streitschlichten im Hause Kuzmits Schrägstrich Karall fix und fertig und setzt sich zu der Runde Auswärtiger. „Bevor wir das Interview machen, brauch ich unbedingt noch eine Stärkung", sagt er zu den Reporterinnen, aber die wollen jetzt ohnehin lieber wissen, wie es weitergegangen ist vor zehn Jahren mit Margit und Leo. „Gibt's heute nix, Teta Palatin?", schreit der Monsignore zum Kirchenplatz hinüber. „Hol dir was, dann hast du was! Oder kümmer du dich um die Bühne, dann mach ich dir ein Schmalzbrot." Das ist Don Stipe dann doch zu aufwendig „Bin ich hier der Intendant oder was?!", und er geht zu seinem Freund Jakov ins Wirtshaus gegenüber und nimmt sich ein paar Canapés von Jelkas Tablett, als gerade keiner hinschaut. Bevor er durch die Falltür verschwindet, steckt er sich noch ein paar davon ein, „für unterwegs", geht unterirdisch in die Kirche und fragt sich auch an diesem Tag wie an jedem seit zwanzig Jahren, ob Gesù zu ihm sprechen wird. Er setzt sich in die vorderste Kirchenbank und wartet. Aber Christus am Kreuz bleibt stumm. „Wenn du schon nicht mit mir sprichst, dann hilf mir wenigstens mit einer Eingebung. Bischof, Bischof, was reimt sich auf Bischof", ruft er händeringend. „Nur noch ein paar Stunden bis zur Premiere!" Und plötzlich fällt es ihm ein.

Margit schaut in den Spiegel.
In einem Koffer sind zwei Flaschen Slivovic.
Ein Striezel kann manchmal die Zunge lösen.

Als Margit ihren Werkzeugkoffer zusammenpackt, steht Hodi schon am Kirchenplatz, um sie abzuholen. „Dreh dich nicht zu Jen und Mildred um, sonst verstehen sie das noch als Aufforderung mitzukommen!" Aber die zwei sitzen immer noch mit einer ganzen Partie Auswärtiger zusammen und scheinen gar nicht zu bemerken, dass die Bühne schon für den Abend bereit ist, alle Bänke an der richtigen Stelle, auch der Ehrensitz für den Bischof, selbst Tetac Palatin geht nicht mehr deklamierend auf und ab, er hat sich mit seiner Frau bei den Gästen vorbeigeschlichen, denn das Himmelbett, an das Margit vor vielen Jahren die ersten zwei Zentimeter ihres Ringfingers verloren hat, lädt das Wirtshausehepaar immer noch zum Sich-Verlieren ein. Das ganze Dorf ist still und alle Gassen leer. Die Minihofer haben die Mittagssonne und der Halbzwölfuhrhunger in die Häuser getrieben. Durch das offene Fenster von Jakovs Wirtshaus sieht Margit, wie Jakov sich immer noch über die Canapés beugt und Jelka neben ihm steht und lacht. Margit winkt hinüber und nickt verneinend zur Esseneinladung. Jelkas rotes Fahrrad lehnt an der Mauer und einen Moment lang überlegt Margit, ob sie es nehmen und ans Ende der Welt fahren soll. Sie denkt an Leo und will das Vermissen ein wenig vergessen, ein Besuch hinterm Rübenacker links würde ihre Sehnsucht zumindest für einige Zeit mildern. Hodi stupst mit dem Kopf an ihre Schulter. „Du hast recht, Esel. Das ist keine gute Idee."

Der mjenovoblaue Sockel der Adresse Sotbend 7 hat 104 abgeschlagene sandfarbene Stellen. Margit zählt sie jeden Morgen und jeden Morgen schlägt ihr Herz so schnell wie damals, als sie sieben Jahre alt war und beschlossen hatte, sich ihre Geschichte selbst auszusuchen. Als sie beschlossen hatte, nichts Unveränderbares mehr zuzulassen. Dennoch waren sie geschehen, die Wirklichkeiten, die nicht mehr rückgängig gemacht werden können. Vieles hatte sie nicht kommen sehen und manches auch nicht ändern wollen. Margit betrachtet den Nussbaum vor dem Haus und das Bankerl, auf dem ihre Staramajka so gerne gesessen ist, und sie sieht, wie Jelka mit ihrer Großmutter dasitzt und aus den Briefen liest, sie sieht sich selbst im Rückwärtsgang Richtung Kirchenplatz gehen. Der Platz ist immer noch der Vorleseplatz, nur dass Margit jetzt unter dem Nussbaum sitzt und ihrer Tochter Anica Briefe aus Amerika vorliest. In diesem Monat hat Jelka noch keine Post gebracht aus South Bend, aber Margit beschließt, sich keine Sorgen zu machen. „Weil ich mich nicht verzählt habe, weil niemand den Sockel gestrichen hat." Hodi findet, dass Herumstehen vor dem Haus nicht besonders malerisch aussieht, er öffnet das Tor mit seinem Maul und verschwindet verschnupft in den Hof. „Ich komm ja schon, warum seid ihr Esel eigentlich so empfindlich?“ Margit sieht nur mehr Hodis Hinterteil Richtung Garten verschwinden. Sie stellt ihren Werkzeugkasten vor der Werkstatttür ab und geht ins Haus. In der Schreibmaschine liegt ein schief eingezogenes Blatt Papier, Anica hat vor einer Woche damit begonnen einen Brief an ihren Vater zu schreiben. Sie hat aber weder das Schreibtalent ihrer Mutter noch deren Geduld geerbt und deshalb steht da bis jetzt nur: Liber Papa. Bei un i t ommer. Margit wird den Brief nach dem Premierenwochenende zu Ende schreiben und hoffen, dass Leo ihn noch vor seiner Abreise nach Mjenovo lesen wird. Ihr Blick fällt auf das Spruchtuch über dem Tisch, das ihre Großmutter für sie bestickt hat. „Ich kann mir meine Geschichte selber aussuchen!“ steht da immer noch genauso trotzig wie vor so vielen Jahren. Kein Buchstabe ist heruntergefallen, die blauen Esel zieren stoisch die Ecken des weißen Leinens. Margit wird in ihren Brief an Leo schreiben, dass er gut über den Ozean kommen wird und sie es schön haben werden in Mjenovo. Ihre Schreibmaschine wird sie nicht im Stich lassen mit dem Wahrwerden von Geschichten. Und bis zu jenem Tag, an dem er sich mit ihr in den Birnbaum setzen wird, wird sie noch zeitiger aufstehen und die abgeschlagenen Stellen des Sockels zählen, damit ja nichts passiert. Margit nimmt sich ein Stück vom Kirschenstrudel aus dem Ofenrohr, isst es im Stehen und überlegt, was sie zum Premierenabend anziehen soll. Leider besitzt sie nicht die modische Erfindungsgabe der Missis und muss mit dem Vorlieb nehmen, was sie in ihrem Kleiderschrank vorfindet. Das Schlafzimmer der Mutter ist längst Margits eigenes geworden. Sie hat sich ein großes Bett aus Kirschholz gezimmert, meerblaue Vorhänge aufgehängt und das Gemälde mit Jesus am Ölberg abgehängt, weil sie darunter nie einschlafen konnte. Auf dem Nachtkasterl steht ein Photo, auf dem sie mit Leo und Anica zu sehen ist, im Zoo von South Bend. Nur den Kasten mit dem blinden Spiegel hat sie stehen gelassen. Er riecht immer noch nach den Kleidern ihrer Mutter, nach altem, vergilbtem Papier und nach dem Zucker, den ihre Mutter dort aufbewahrt hat. Margit stellt sich vor den Spiegel, zwickt die Augen zusammen und versucht sich selber zu sehen, wie sie einmal ausschauen wird, später. Aber sie sieht sich nicht selbst, sondern ihre Mutter im Sommer 1950.

Im Sommer 1950 klopft Margit an die Tür jener Adresse, die auf der Rückseite der Briefe aus Amerika gestanden ist. In ihrem kleinen Koffer befinden sich zwei Flaschen Slivovic vom letzten Jahr, ein Sackerl mit geriebenen Nüssen, ein Glas Himbeermarmelade, von Jakov mit zu viel Zucker eingekocht, der Rosenkranz der Omama, ein Fläschchen mit Weihwasser aus Mariazell und ein

Photo von Jelka, Margit, Hodi und dem Hendl Viktorija auf dem kod crikve, dem Kirchenplatz, beim vorvorletzten Kirtag aufgenommen. Margits fehlendes Fingerglied juckt und ihr ist zu heiß in ihrem einzigen guten Kostüm, das sie sonst nur an hohen Feiertagen und zu Begräbnissen anhat. Margit klopft noch einmal, doch niemand öffnet. Sie stellt den Koffer vor die Tür und geht den schmalen Gang des Wohnhauses zurück zum Stiegenaufgang. Sie bleibt kurz auf dem Treppenabsatz stehen und lauscht, dann geht sie die Stiegen hinunter und lässt dabei ihre Hand über das glatte Holzgeländer gleiten. „Ich habe mir immer vorgestellt, wie du deine Hand über das glatte Holzgeländer gleiten lässt. So wie du als Kind beim Vorbeigehen die Lehne des Bankerls unter dem Nussbaum berührt hast.“ Lidvina Szabo steht am Treppenabsatz und sieht zum ersten Mal seit siebzehn Jahren ihre Tochter wieder. Ihre Welt beginnt sich ganz langsam, ganz langsam wieder zu drehen, und sie dreht sich ganz zaghaft und ungläubig mit. Lidvina Szabo wird so schwindlig dabei, dass sie in den nächsten zwei Tagen kein Wort mehr sagen kann. Sie kann nichts tun als Margit anschauen und ihre Hand nehmen und über ihren Ringfinger streichen. Lidvina Szabo muss immer wieder überprüfen, ob das Leben echt ist. In der Küche ihrer Wohnung in South Bend, Indiana, kocht sie zwei Tage lang Gerichte von zu Hause und weint lautlose Tränen in eine Nudelsuppe, einen Schweinsbraten, auf Grammeln, die sie auslässt, um sie mit Brotscheiben zum Nachtmahl zu servieren. In den Apfelstrudel ohne Rosinen fließen siebzehn Jahre alte Tränen.

Am dritten Morgen bestreicht sie eine Striezelscheibe mit Butter und Jakovs Himbeermarmelade und stellt einen Häferlkaffee auf den Frühstückstisch, für Margit. Lidvina hat seit zwei Tagen nichts mehr gegessen. Margit nimmt den Striezel, tunkt ihn in den Häferlkaffee und schiebt ihrer Mutter das ganze Stück auf einmal in den Mund. Lidvina weiß nicht, ob sie sich zuerst erschrecken, verkutzen, lachen oder schimpfen soll und macht alles auf einmal. Margits Vater Viktor, der bis jetzt nur leise durch die Wohnung geschlichen ist und seine Tochter bei jedem Vorbeigehen angelächelt hat, klopft seiner Frau ein paar Mal heftig auf den Rücken, und als sie wieder atmen kann und nach Luft schnappt, sagt sie: „Kann ich bitte noch eines haben?" Lidvina, Viktor und Margit Szabo sitzen bis halb zwölf Uhr mittags und essen Striezel mit Himbeerlekvár und trinken zuerst Häferlkaffee, und als ihnen schlecht ist, Slivovic hintennach. Margit weiß aus den Briefen, dass ihre Brüder wie ihr Vater bei Studebakers arbeiten und dass beide geheiratet haben. Sie weiß auch, wie sie aussehen, weil ihre Mutter immer wieder Photos mit den Briefen geschickt hat, Photos, die sie auf der Rückseite sehr genau beschriftet hat, mit Datum und allen Namen der abgebildeten Personen und sogar wie das Wetter an jenem Tag war und auch was sie gegessen hatten, war ihr wichtig draufzuschreiben. Ludwig ist seit zwei Jahren mit einer Anna aus Veliki Borištof verheiratet und Lászlo hat eine ganz echte amerikanische Susan geheiratet, die im siebten Monat schwanger ist. Am Abend würden sie alle zum Essen kommen und sich in den ersten zwei Stunden komisch fühlen, unbeholfene Fragen stellen wie ganz Fremde und sich erst nach ein paar Flaschen Bier und Wein fühlen wie früher, Anfang der 30er Jahre, als die Welt noch Mjenovo hieß und nur Mjenovo. In der Erinnerung wird der Nussbaum größer wirken, die Birnen süßer, nur die Sommer in Minihof sind beim Rückwärtsschauen genauso sehnsüchtig und heiß und vollkommen wie in der Wirklichkeit.

„Hodi, Margit!“, sagt Lidvina zu ihrer Tochter am späten Nachmittag. Beide gehen die Stiegen des Hauses hinunter, den langen, sauberen Gehsteig entlang, gehen eine halbe Stunde lang durch die Straßen, Lidvina erzählt, wer aus Mali Borištof und wer aus Filež in welchem Haus wohnt, wann und wie sie hergekommen sind, wie gut sie Englisch reden und wer mit seinen Kindern immer noch Kroatisch. Sie redet so viel und so schnell aus lauter Angst vor dem noch nicht Gesagten. In einem weitläufigen Park setzen sich Lidvina und Margit auf ein Bankerl und schauen dem Wasser eines großen Teichs beim Spiegelglattsein zu. Margit weiß nicht, wie sie ihrer Mutter die Frage stellen soll, die sie seit siebzehn Jahren quält, über die sie als Kind geweint, als Jugendliche gestolpert ist, und die sie immer wieder ans Ende der Welt in Mjenovo führt, um das Verlassensein eine Zeitlang zu vergessen.

„Ich habe keine gute Antwort auf deine Frage, Margit. Wir wollten zuerst schauen, wie es uns herüben geht, wir wollten eine gute Arbeit finden und eine Wohnung, bevor wir dich herüberholen. Zuerst ist es sehr schwer gewesen, vor allem die Sprache, das war hart, und dann ist ja auch gleich dein Opapa gestorben und du hast nicht von deiner Staramajka wegwollen und dann war der Krieg und da haben wir gar nichts mehr machen können. Ich habe mir oft überlegt, ob ich hinüberfahren soll und dich holen. Aber nach dem, was Jelkas Eltern und ihren Brüdern passiert ist, haben wir uns nicht mehr aufs Schiff getraut. Alles, was ich hab tun können war, dir zu schreiben. Jeden Monat hab ich dir geschrieben. Aber du hast nie auf meine Briefe geantwortet und ich hab mich noch schlechter gefühlt. Jelka hat mir ein paar Mal im Jahr geschrieben und mir erzählt wie es dir geht und was du tust. Amerika hat mich unglücklich gemacht, Margit. Ich habe damals, als wir weggegangen sind, nur daran gedacht, dass es so nicht weitergehen kann, so wenig haben wir gehabt in Mjenovo.“

Margits Einsamkeit von vielen Jahren steht eine kleine, bescheidene Erzählung gegenüber. Die Erzählung eines Lebens, in dem sie keinen Platz hat, keine Rolle gespielt hat als die von Abwesenheit. Sie hatte sich große Dramen von Tod und Unglück vorgestellt, Schicksalsschläge, die ihre Eltern davon abgehalten hatten, die Tochter nachzuholen. Verhängnisse von so unvorstellbarer Tragik, dass sie in Briefen nicht niedergeschrieben werden konnten. In jener Nacht, in der Jelka 84 Kuverts geöffnet und Lidvinas Post aus so vielen Jahren vorgelesen hatte, war Margit von einer uferlosen Traurigkeit umfangen worden. Eine Traurigkeit, die jener ihrer Staramajka glich, als sie, im Birnbaum sitzend, nach dem Meer Ausschau hielt, nach ihrem Mann Ausschau hielt, und den sie dort am Ende der Welt auch sehen konnte, manchmal. Am Ende jedes Briefes hatte Margits Mutter geschrieben: „Pošalji mi moje srce u Ameriku“ – Schick mir mein Herz nach Amerika.

Margit steht auf, geht hinunter zum Teich, springt hinein und schwimmt so weit, bis sie sich selber nicht mehr sehen kann.

Eselsohren fliegen.
Worte wurden in Butterbrotpapier gewickelt.
¿Dónde está el próximo bar?

Die bundfaltene Knickerbocker und die Fönfrisur mit Perlenkette schauen nicht mehr so frisch gebügelt und geschnäuzt aus wie noch vor einigen Stunden am Frühstückstisch der Pension „Casa Palmira – konac svita“. Die beiden sind das Bier zu morgendlicher Stunde nicht gewöhnt und haben sich im Laufe des Vormittags gestritten. „Du immer mit deinen blendenden Ideen! Von wegen kultureller Geheimtipp. Hier sagen sich nicht einmal Fuchs und Hase Gute Nacht! Hier scheißen Esel vor die Schule.“ Sie setzen sich aufs Bankerl vor Margits Haus und schlafen ein. Sie bemerken nicht, dass Anica ihre Köpfe mit selbstgebastelten Eselsohren aus Papier geschmückt hat. „Hat mir die Missis beigebracht!“ Margit findet, dass die beiden Gäste aus Wien mit Eselsohren besser aussehen als ohne und wünscht, sie hätte einen Photoapparat. Frau und Herr Wiener wachen erst auf, als der junge Branko mit seinem Postautobus am späten Nachmittag in hohem Tempo bei ihnen vorbeifährt und dabei das Potential seiner Hupe austestet. Anica findet es sehr schade, dass der Luftzug die Eselsohren vom Kopf der Schlafenden weht. Sie hatte sich vorgestellt, wie die beiden damit zur Premiere gehen würden, ohne es zu bemerken.

Palmira Andrade Fernández und Xosé Rúa Opazo steigen am Kirchenplatz aus dem Bus aus und werden von Pero Csmarich, dem Bürgermeister und der angeheuerten Blasmusikkapelle aus dem Nachbarort Deutschkreutz empfangen. Die spanische Hymne erklingt, sehr laut und sehr frei interpretiert, und die Gäste bekommen zuallererst ein Stamperl Schnaps überreicht, das immer und immer wieder nachgefüllt wird. Bis die paar Meter zu Peros Frühstückspension zurückgelegt sind, kann keiner mehr richtig geradeaus gehen und das ist besonders gut für die internationale Kommunikation, weil plötzlich alle Kroatisch und Galicisch und Deutsch und Spanisch verstehen und auch reden können. Palmira und Xosé wundern sich darüber, dass am Kirchenplatz eine Kamera, Licht und Mikrophone aufgebaut sind. „Das wird doch nicht wegen uns sein?" Aber Pero beruhigt sie und rät ihnen, sich noch ein bisschen auszuruhen, „bevor hier das Theater losgeht". Das orantschene Schild über der Frühstückspension leuchtet frischgestrichen und Palmira lächelt über das Beinahe-Ebenbild ihrer eigenen Bar an einem anderen Ende der Welt. In vorgerückter Slivovic-Stimmung hängt sie sich bei ihrem Mann ein und bezieht mit ihm gleichermaßen müde wie aufgekratzt das Zimmer „Cognac". Sie packt die Gastgeschenke aus – getrockneten Kabeljau, Quittengelee, Kuhmilchkäse in der Façon einer wohlgeformten Frauenbrust und Orujo. Palmira sagt zu ihrem Mann: „Den Tresterbrand nach Mjenovo zu bringen war vielleicht doch eine Schnapsidee." Aber Xosé reagiert nicht, er schnarcht auf dem weichen Cognac-Doppelbett, angezogen und unrasiert und träumt von hupenden Blasmusikkapellen und ungestümen Postautobuschauffeuren. In der Reisetasche ganz unten liegt, eingewickelt in Butterbrotpapier, Post für Jakov. Jakovs Vater, der in einem früheren Leben Stari Jakov war und schon lange Santiago Alemán ist, schickt seinem Sohn zum ersten Mal seit zwanzig Jahren tatsächlich Aufgeschriebenes anstatt nur Gedachtes, schickt eckige Worte, die er in seinen Erinnerungen wie in einem schweren Wörterbuch suchen musste, denn die Gedanken, die Santiago Alemán jede Nacht gemeinsam mit dem Fischernetz ins Meer gleiten lässt, hatte er davor nie in echte Worte gefasst. Den Fettfleck auf dem Heft, in dem er sein nacherzähltes Leben auf blassblaue Linien setzt, kringelt er ein und schreibt „Das war ein Butterbrot" dazu. Als wäre es zerbrechlicher als dünnwandiges Glas hat Santiago sein Geschenk für Jakov, eingewickelt in Palmiras schwarzes Schultertuch, zuunterst in die Reisetasche geschlichtet. In der Zeit, in der die galicischen Wirtsleute in der Minihofer „Casa Palmira" urlauben, führt Santiago die Bar in Fisterra ganz alleine, einheimischer als die Einheimischen, die längst vergessen haben, dass er einmal ein Stari Jakov aus Mjenovo war, glücklicher Ehemann der wunderschönsten, der wundersamsten Frau von überall.

Palmira steckt die Post in ihre Handtasche, lässt ihren schnarchenden Mann allein und macht sich auf die Suche nach Jakov, nachdem sie vergeblich versucht hat, den in der Küche eingedösten Pero Csmarich aufzuwecken. In der Gasse vor der Frühstückspension ist niemand zu sehen. Von irgendwoher hört sie lautes Lachen und entdeckt tatsächlich vor einem Wirtshaus nahe der Kirche eine Runde angeheiterter heiterer Menschen. Palmira spricht nur Spanisch und Galicisch und fragt: „¿Alguén poderíame dicir onde atopar ó Jakov?" Die Gruppe schaut sie erstaunt an und bricht in lautes Gelächter aus. Das hat sich Palmira nicht verdient, findet sie, gekränkt dreht sie sich um und will gehen, wird aber von der schnell aufgesprungenen Katharina-Reporterin an ihrem feinen schwarzen Schultertuch zurückgehalten und zu einem Sessel geführt. Mini drückt ihr ein Bier in die Hand, und während alle wild durcheinanderreden, Theorien darüber aufstellen, was die Fremde erstens für eine Sprache spricht und was sie von ihnen wollen könnte, wundert sich Palmira darüber, dass alle plutzerrote Köpfe haben. Sie kann nicht wissen, dass Grandma Jen, Aunt Mildred, Katharina, Mini, Max und Tom seit Stunden vor dem Palatinwirtshaus in der Sonne sitzen und über die Liebesgeschichte von Margit und Leo reden. Dass Palmira und Xosé mit großem Blasmusiktrara empfangen wurden, hatten sie in ihrer tratschtrunkenen Bierseligkeit gar nicht mitbekommen. Schließlich ist es Katharina, die herausfindet, woher Palmira kommt. Sie ist vor einigen Jahren mit einem Freund in einem gebrechlichen Ford Escort die Nordküste Spaniens abgefahren und hat sich einige Worte gemerkt. „Una cerveza, por favor. Dos más. No hablo español. ¿Dónde está el próximo bar?“ Mit diesem fremdsprachlichen Repertoire kommen sie zwar in der Jakov-Angelegenheit nicht weiter, es hilft aber der Völkerverständigung. Grandma Jen und Aunt Mildred stehen auf und singen die Habanera aus Bizets Carmen auf Englisch und mit ausladenden Gesten, der Kameramann Max gibt einen Torero, der Tontechniker Tom den Stier. Als muleta verwenden sie Palmiras Schultertuch. Katharina und Mini klatschen dazu flamencoähnlich in die Hände und stampfen dabei mit den Füßen. Palmira ist ganz benommen von der Szene, denn bei ihr daheim wird weder Flamenco getanzt noch hat der Stierkampf große Tradition, aber wie soll sie erklären, dass man in Fisterra zum Klang von Dudelsäcken feiert und das einende Gefühl ihrer Landsleute nicht die Ausgelassenheit des Südens, sondern die Melancholie der morriña ist. Eine Melancholie, die die unstillbare Sehnsucht nach der Heimat benennt, eine Sehnsucht, die Palmira angesichts des Spektakels vor dem Kirchenplatz so gewaltig überkommt wie ein Gewitter, das unangekündigt losbricht. Als ein Blitz am Kirchenplatz einschlägt, steht auch

Don Stipe wie aus dem Nichts vor der ausgelassenen Gesellschaft, die Hände in den Hüften, und fragt sich was das alles bedeuten soll. „Ich frage mich, was das alles bedeuten soll!" Anstelle einer Antwort verlassen alle die Szenerie und flüchten vor dem Regen in die „Casa Palmira". Nur Palmira steht, vom Donner gerührt, im Regen. Don Stipe hebt das feine Schultertuch vom Boden auf, nimmt die Fremde an der Hand und zieht sie mit sich zu seinem Freund Jakov, ins „Strudel der Gefühle".

Jelka, schon in Soutane, gibt Palmira etwas viel zu Großes aber immerhin Trockenes zum Anziehen und holt einen Krautstrudel aus der Speisekammer. Sie hat zwar von einem Gefühl, das man morriña nennt, noch nie gehört, sie weiß aber, wie man aussieht, wenn man melancholisch ist. Jakov findet, dass ein Krautstrudel für den Gemütszustand der Fremden nicht genügt und serviert deshalb einen Teller hauchdünn aufgeschnittener Gurken dazu, die er mit Knoblauch und scharfem Paprika garniert. „No hodi, zam si ča!" Palmira isst aber nicht, angesichts der Gurken ruft sie: „¡Jakov! ¡Ti es Jakov!" Sie öffnet ihre Handtasche und reicht Jakov ein Heft mit Fettfleck in Butterbrotpapier. Als er die Handschrift seines Vaters sieht, setzt er sich neben Palmira an den Wirtshaustisch und packt sein Geschenk aus. Jelka und Don Stipe stellen sich hinter Jakov und versuchen mitzulesen. „Immerhin bin ich Postlerin und Ehefrau", denkt

Jelka. „Immerhin bin ich sein bester Freund“, denkt Don Stipe. „Steht da *za Jakova* drauf oder *für Jelka und Stipe*? Ich lese es später“, sagt Jakov, nimmt das Heft und legt es zu dem gelben Heft mit den Rezepten seines Vaters in die Speisekammer, gleich neben dem letzten, schon lange leeren Gurkenglas seiner Mutter Sveta Buborčica.

In der Gaststube versammeln sich nach und nach die Schauspieler, Missis überprüft mit einem „Well, well, well“ die Kostüme und trägt hier und da Schminke auf. Don Stipe verlässt über die Falltür als Pfarrer das Wirtshaus und taucht als Bürgermeister Peppone wieder auf. „Hab ich nicht gesagt, den Hut nicht so weit nach hinten!“, schimpft Missis und weiß, dass Don Stipe, wenn sie nicht hinschaut, sowieso macht, was er will. „Hvala Bogu! Gott sei Dank“, seufzen alle durcheinander, als endlich auch Marica Kuzmits und Ferenc Karall gerade noch rechtzeitig zur letzten Besprechung vor der Premiere auftauchen. Alle suchen nervös nach Resten von Zwist und Ärger im Gehabe des Paares, doch Don Stipe scheint in seiner atheistisch-katholischen Friedensmission erfolgreich gewesen zu sein. Es muss ja niemand wissen, dass er sogar damit gedroht hat aus MAFASCH auszutreten, falls die beiden sich nicht wieder versöhnten. In ihrer Autorität als Regisseurin zwingt Jelka alle, ein Stamperl Slivovic zu trinken. „Uralter Lampenfiebertrick!“ Stipes verrostetes

Schießgewehr in Jelkas Hand unterstreicht ihre Kompetenz als Theatermacherin ungemein und veranlasst Palmira dazu, ihren unrasierten Ehemann zu vermissen und eilig das „Strudel der Gefühle" zu verlassen. Vor dem Wirtshaus auf dem Kirchenplatz sieht sie festlich gekleidete Menschen, die, manche mit Transparenten, auf den Bänken vor der Bühne Platz nehmen. Jakov schenkt, unterstützt von Teta Palatin, Weißwein aus. Knickerbocker und Fönfrisur sitzen schon in der dritten Reihe, damit ihnen niemand den Platz wegnehmen kann. Margit Szabo spaziert mit ihrer Tochter Anica und Hodi von Sotbend zum kod crikve herüber und wundert sich, dass die Reporterinnen sie so freundlich anlächeln „Sollte ich die kennen?", nicht ahnend, dass Katharina und Mini mehr von ihr wissen, als ihr lieb ist. Grandma Jen und Aunt Mildred haben noch Yoghurtreste im Gesicht, von Pero Csmarichs verzweifeltem Versuch, den Sonnenbrand der Ladies zu mildern. Anica ist begeistert, springt ihrer Großmutter in die Arme und schleckt über ihr Gesicht. Grandma Jen hat es ja schon immer gesagt, dass ihre Enkeltochter in Mjenovo vollkommen verroht aufwächst und wirft ihrer Schwester einen Da-siehst-du's-wieder-Blick zu. „Und über den Esel sag ich erst gar nichts", zischelt sie. „Oder hast du schon einmal gehört, dass ein Esel sich benimmt wie ein Hund und überall hin mitgeht?" Pech für Grandma Jen, dass Hodi das gehört hat. Pech durch Esel ergießt sich selten sofort über in Wellen gelegtes, blondiertes Haar, denn Esel haben es nicht eilig, Esel verfügen aber über ein sehr gutes Gedächtnis.

Pero Csmarich flaniert, in mehreren Sprachen parlierend, mit Palmira und Xosé als einer der letzten zum Kirchenplatz und präsentiert sein Mjenovo stolz als mondänen Ort der Hochkultur und Zentrum sommerlicher Theaterwelt. Die Gäste aus Fisterra verstehen nicht, weshalb Santiago Alemán Kroatisch Minihof als Dorf am Ende der Welt beschrieben hat. Denn dann geht's los.

Der Maestro begrüßt sein Publikum.
Gesù rettet die Bühnenwelt.
Der Bischof hadert mit seinem Schicksal.

Die Schauspieler gehen über den Geheimgang in die Kirche und warten dort auf ihren Auftritt. Don Stipe wirft über sein Bühnenkostüm die Soutane, damit man ihn bei der Begrüßung nicht für einen Bürgermeister per se hält, und betritt die Bühne vom Haupteingang der Kirche aus. Wie immer ist seine Theaterseele vom Anblick des Publikums überwältigt. Er hofft, seine Fans mit seinem Eröffnungsgedicht auch diesmal nicht zu enttäuschen, räuspert sich und deklamiert:

Poštovani gosti!
Signore e signori!
Benvenuti im Theater!
Von Mjenovo der Kirchenplatz
Macht wieder unsrer Bühne Platz
Wir ehren den größten aller Poeten
Dort, wo wir sonst am Sonntag beten
Er ist ein Shakespeare unsrer Zeit
Sein Ruhm ist groß, sein Herz war weit
Giovannino Guareschi, der Held der Dichtkunst
Don Camillo und Peppone hat geschenkt uns
Wo Tachteln, Tetschn, Watschn fliegen
Wo Kommunisten Katholiken lieben

Dort soll man bleiben, dort ist es gut
Dort mischt der Himmel sich mit der Glut
Boscaccio ist heut Mjenovo
Ein Dörfchen nah am Flusse Po
Doch fürchtet euch nicht, wenn wir uns prügeln
Wir wissen unsern Schneid zu zügeln
Begrüßen will ich noch den Bischof
Er hat den Ehrensitz aus Plüsch-Stoff
Arrivederci sag ich jetzt als Intendant
Ich schmeiße mich in mein Gewand
Der Vorhang auf! Ihr dürft jetzt klatschen!
Nur nicht tratschen, sonst gibt's Watschen!

Tosender Applaus und enthemmtes Trampeln begleiten den Pfarrer zurück ins Gotteshaus, anzügliche Pfiffe und wohlwollendes Raunen begrüßen Marica Kuzmits, die als Gesù spärlich bekleidet die Leiter zum Kreuz hinaufsteigt und mit ihren bloßen Füßen auf das von Margit Szabo gezimmerte Brett steigt. Missis sieht leider erst jetzt, dass Marica ihre Zehennägel lackiert hat. „Ist das bei Anarchisten überhaupt erlaubt?", überlegt sie und als einziger logischer Grund für dieses hinterlistige Aufbegehren fällt ihr ein, dass die Farbe rot auf Maricas bäuerlichen Anarcho-Zehen als politisches Bekenntnis zu deuten ist. Ferenc Karall, der Erzähler, folgt seiner Lebensgefährtin auf die Bühne, gekleidet in einen blauen Schlosseranzug lässt er die geborgten Hosenträger schnalzen und berichtet dem Publikum vom Dörfchen Boscaccio und seinen streitbaren Einwohnern. Giovannino Guareschis Erzählung „Il compagno Don Camillo" – „Genosse Don Camillo" schildert die Episode, in der Camillo, als Kommunist verkleidet, mit dem Bürgermeister und seinen Genossen nach Russland reist. Schon bei der Einleitung beginnt der Bischof unruhig in seinem plüschigen Ehrensitz hin und her zu rutschen, er fürchtet Schlimmes, eine Ahnung, die sich auf der Stelle bewahrheitet, denn Jelka stürmt als wohlgeformter Don Camillo auf die Bühne, gefolgt von Peppone, und liefert sich mit ihm einen Schlagabtausch. Zuerst verbal, dann mit den Fäusten, versteht sich. So steht es zwar nicht in Guareschis Erzählung, Jelka hat aber gefunden, dass man dem Publikum gleich zu Beginn etwas bieten muss, damit es in Stimmung kommt. Marica vergisst sich kurz in ihrer Rolle als Gesù und feuert den Bürgermeister an, das liegt sicher am Lampenfieberslivovic, sie besinnt sich aber gleich wieder auf ihre Rolle und lässt den Kopf hängen. Margit Szabo wartet nervös auf die erste Wirtshausschlägerei und hofft, dass einerseits die Möbel wie gedacht auseinanderfliegen und andererseits, dass niemand dabei verletzt wird. Die in solchen Angelegenheiten auch abseits der Bühne geübten Minihofer meistern diese meistbeklatschten Szenen mit der Leichtigkeit von wahren Profis. Tetac Palatin verpasst seinen Einsatz, er ruft: „Kommt alle her, es gibt eine Schlägerei!

Don Camillo hat Peppone eine Tachtel mit dem Gewehr!“, als alle schon am Boden liegen. Trotzdem verbessert ihn seine Frau aus der zweiten Reihe: „… gegeben, ge-ge-ben!“ Etwas besorgt beobachtet Margit, dass ihre Tochter Anica am lautesten lacht, wenn die Fäuste fliegen. Nicht, dass sie das nicht selbst lustig finden würde, ihr entgeht aber nicht, dass Grandma Jen und Aunt Mildred tadelnd und kopfschüttelnd zuerst auf ihre Enkelin und dann auf Margit blicken. Margit überlegt, ob sie nicht noch am selben Abend ihre Schreibmaschine aktivieren soll, doch ihre Rachegedanken werden jäh unterbrochen, denn auf der Bühne passiert ein unvorhersehbarer Zwischenfall. Als Peppone mit seiner Moto Guzzi über den Platz rast, gefolgt von Don Camillo auf einem Waffenrad, spaziert ein Hendl direkt in die Verfolgungsszene hinein. „Es hatte zumindest kurz vor seinem Tod noch einen großen Auftritt!“, wird Jakov später sagen, als das Hendl in der Sonntagssuppe kocht. Momentan aber schrecken sich alle, das Publikum schreit und springt auf, Jelka steht fassungslos vor dem toten Tier, denkt an Viktorijas Schicksal vor fast zwanzig Jahren und fragt sich, ob ein Vogel-Fluch auf ihr liegt. Sie nimmt das Hendl am Haxerl und sucht verzweifelt Margits Blick in den Zuschauerreihen. Ihrer Freundin fällt nicht mehr ein, als mit den Schultern zu zucken und aufmunternd mit den Daumen nach oben zu deuten. Der einzige, der in dieser Situation zu überlegtem Handeln fähig ist, ist Gesù, wer sonst. Marica Kuzmits spricht von oben herab: „Don Camillo, da hast du's wieder. Habe ich dir nicht schon tausendmal gesagt, du sollst dein Temperament zügeln? Das kommt davon, wenn man diejenigen verfolgt, die sich für die Unterdrückten und Ausgebeuteten einsetzen. Aber manches Schlechte hat auch ein Gutes – der arme Pietro Piselli, seine Frau und ihre sieben Kinder werden sich über ein warmes Mittagessen freuen. Na?" Jelka ist so erleichtert über Maricas geistesgegenwärtigen Monolog, dass sie ihr erstens die politische Botschaft verzeiht und zweitens noch am selben Abend Mjenovos anarchistisch-feministisch-atheistischen Schwestern beitritt. In ihrer Rolle als Don Camillo nimmt sie das Hendl und überreicht es Tetac Palatin, der vergessen hatte, von der Bühne abzutreten. Er hebt das Tier wie eine Trophäe in die Luft und zeigt es nach allen Seiten dem Publikum, das mit wildem Applaus reagiert, froh darüber, dass nichts passiert ist.

Der Rest der Vorstellung verläuft ohne weitere Zwischenfälle, Jakov reagiert schnell und schleicht über den Geheimgang mit zwei Flaschen Slivovic in die Kirche, um die geschockten Schauspielerinnen und Schauspieler erstzuversorgen. Jelka schüttet sich Schnaps auf die Soutane und ist froh darüber, dass Slivovic durchsichtig ist, weil sie keine geeignete Brosche mithat. Don Stipe schiebt seinen Bürgermeisterhut nach hinten und schaut verstohlen zu Christus am Kreuz, aber nichts. Tetac Palatin blüht im Laufe des Abends noch zum wahren Theatertalent auf, euphorisiert durch seine grandios improvisierte Extra-Szene als Pietro Piselli, was vom Publikum bei der Verbeugung zum Schluss mit Bravo-Rufen belohnt wird. Als schließlich „Il bacio! Il bacio! Il bacio!" über den Kirchenplatz schallt und der Erzähler Gesù vom Kreuz hilft und ihn in Hollywoodmanier küsst, springt das Publikum endlich von den Bänken, manche rennen nach vorne und hinauf auf die Bühne. Selbst Knickerbocker und Fönfrisur vergessen ihre Noblesse und busseln alle, die sich busseln lassen, Katharina und Mini pfeifen auf ihre journalistische Neutralität und rufen immer noch „Da capo! Da capo!", als die Bühne schon längst leer ist, was an ihrem Sonnenstich liegen könnte, Pero Csmarich versucht seinen spanischen Gästen vergeblich zu erklären, worum es hier eigentlich geht, und geht mit ihnen zum Buffet. Anica weicht nicht mehr von der Seite ihrer Teta Jelka und wirft ihr bewundernde Blicke zu. Margit Szabo begutachtet zufrieden die zerschlagenen Wirtshausbühnenmöbel. Hodi heftet sich auf die Fersen von Grandma Jen und Aunt Mildred. Nur der Bischof bleibt auf seinem Ehrenplatz sitzen und fragt sich, womit er sich das eigentlich alles verdient hat.

Samstag

**Jemand versinkt in Verlorenheit.
Jelka wartet nicht mit dem Mittagessen.
Auf eine Nacht folgt ein Tag.**

Eine weiße Kerze, sorgfältig mit Wachs am Boden eines Glases fixiert, ist um diese Stunde neben dem Vollmond die einzige Lichtquelle in Mjenovo. Das Ensemble hat zu Ende gefeiert, die Gäste haben zu Ende gefeiert, satt und glücklich bis zur Neige gefeiert, bis das letzte Glas geleert, die letzten Schultern geklopft, die besten Küsse vergeben waren. Um zwei Uhr früh schläft Anica tief an der Seite ihrer Heldin, den Arm um ihre schöne Hüfte gelegt, denn einmal in der Woche ist Tetajelktatag und am Premierenabend sowieso.

Jakov sitzt am Boden der Speisekammer und liest im Schein der Kerze, die er ins Gurkenglas seiner Mutter gestellt hat, den Brief seines Vaters. Er versucht sich dabei vorzustellen, wie Stari Jakov am Ende der Welt an einem Küchentisch sitzt und mit einem Bleistift karge Worte auf blassblaue Linien setzt. Jakov stellt sich vor, wie sein Vater das Heft aufschlägt und dabei die Vorderseite mit einem halb fertig gegessenen Butterbrot anpatzt. Er stellt sich vor, wie Stari Jakov überlegt, ein neues zu kaufen, sich aber dagegen entscheidet, denn was sollte er denn mit einem Heft anfangen? Seitdem er in Fisterra den Trost der Fremde empfindet, hat er erst einmal etwas aufgeschrieben, und das waren die Rezepte für seinen Sohn. Jakov stellt sich vor, wie sein Vater die Worte ungeübt aneinanderreiht und dabei leise mitspricht. Er liest die Geschichte von jenem Tag, an dem Stari Jakov der Sveta Buborčica begegnet ist, liest vom Lieben und Glücklichsein und vom Lieben und Verlieren und vom Lieben und Verlassen und vom Sich-nicht-mehr-finden und er liest vom Vergessen. Von den Irrfahrten durch die Welt, die am Ende der Welt aufhörten. Davon, wie man in einer Bar namens „Casa Palmira" ein anderer wird und doch derselbe bleibt. Davon, dass man jeden Morgen aufwacht und in die Endlosigkeit hinein sagt: „Sveta Buborčica, srce moje, Liebe meines Lebens!" Und davon, dass niemand mehr die Augen aufschlägt und lächelt. Dass Jakov noch mehr verloren hat als sein Vater, dass er zwei Menschen gleichzeitig verloren hat und die Liebe noch dazu, davon liest Jakov nichts im fettfleckigen Heft des Santiago Alemán. Er sucht und sucht und blättert zittrig vor in seinem Heft, doch er findet darin nichts als die Erzählung des traurigen Lebens eines traurigen Mannes, dessen krakelige Schilderungen als Erklärung und Entschuldigung gleichermaßen verstanden werden wollen. Unausgesprochen bleibt, wie er weggehen konnte, ohne sich von seinem Sohn zu verabschieden. Unausgesprochen bleibt, weshalb er sich nicht darum geschert hat, wie und wo und mit wem sein Sohn weiterleben sollte. Stari Jakovs Unvermögen außer seinem eigenen Schmerz einen anderen zu erkennen, hat sich über die Jahre als Santiago Alemán gebessert. Und dennoch findet sich in einem bis zur letzten Seite vollgeschriebenen Heft nichts Tröstendes, keine einzige Frage stellt der Vater über Jakovs Leben in Mjenovo. Jakov findet nicht, was er mit zittrigen Händen und zittrigem Herzen sucht – dass er vermisst wird.

„Du weißt nicht einmal, dass ich mit Stipe bei Teta Viktorija aufgewachsen bin! Nicht einmal dafür hast du dich interessiert! Du hast mir nicht einmal richtig das Kochen beigebracht, nicht einmal das!“ Jakov schreit in der Speisekammer seine Wut gegen Schmalztegel, gegen Himbeerlekvár, gegen Speck und Mehl. Er steht auf, nimmt das Heft, nimmt die Kerze und setzt sich vor sein Wirtshaus. Das Heft seines Vaters beginnt nur zögerlich zu brennen. „Vielleicht liegt es am Fettfleck“, denkt Jakov, aber vielleicht liegt es auch daran, dass selbst die Macht der Elemente gegen die Macht der Enttäuschung nichts ausrichten kann. Er hätte das Heft auch zerreißen und in den Wind streuen können, er hätte es ins Wasser werfen können oder im Garten vergraben und nichts hätte sich dadurch geändert.

„Denkst du, es liegt am Fettfleck?“, fragt Jelka in geblümtem Nachthemd und verschlafenem Blick und setzt sich neben ihren Mann. „Ja, das glaub ich.“ Jakov lässt sich von seiner Frau umfangen und wiegen, weil das das Beste ist, was gegen Verlorenheit hilft. Das Zweitbeste gegen Verlorenheit sind Geschichten, die schön sind und gleichzeitig wahr und deshalb sagt Jelka: „Weißt du noch, wie du das Kochen gelernt hast?“ Jakov schüttelt den Kopf. „Nein, das weiß ich nicht mehr, Jelka.“ – „Na gut, dann erzähle ich es dir:

„Alle denken, dass du das Kochen gelernt hast, als Pero Csmarich von seiner langen Reise zurückgekommen ist und dir das gelbe Heft, voll mit Rezepten deines Vaters, gebracht hat. Aus seinem Rucksack herausgezogen und dir in die Hand gedrückt wie einen selbstgepflückten Blumenstrauß. Alle denken, dass du jedes einzelne davon nachgekocht hast, dass du durch dieses Geschenk beflügelt worden bist, so als hätte es magische Kräfte, und dass du am Ende ein ebenso guter wenn nicht noch besserer Koch geworden bist als dein Vater.“ Jelka erzählt diese Geschichte, mit immer denselben Worten immer dann, wenn ihren Mann die Verlorenheit einholt, und Jakov sagt an dieser Stelle den immer gleichen Satz. „Und ist das auch so gewesen, Jelka?“ – „No sigurno ist es nicht so gewesen! Der Tag, an dem du angefangen hast, der beste Gefühlekoch von überall zu werden, war eine Nacht. In dieser Nacht haben wir zuerst zu Charles Trenets ‚La mer‘ getanzt und sind dann im Birnbaum gesessen und haben geredet. Du wolltest mir deine Liebe gestehen, hast dich aber nicht getraut." – „Jetzt erinnere ich mich langsam wieder, Jelka. Und wie ist es dann weitergegangen?" Jelka hebt das immer noch zögerlich brennende Heft an einer Seite hoch, bevor die kleine Flamme ganz verlischt. „Erinnerst du dich an den Tag, an dem wir Don Stipe jeden ersten Sonntag im Monat freigegeben haben? Am selben Abend hast du ein neues Rezept ausprobiert und deine Hände waren voller Teig, als jemand an die Tür geklopft hat." – „Margit hat an meine Tür geklopft." – „Genau. Margit hat dir das Gurkenglas gegeben, in das wir eine rosenrote Aster vom Grab deiner Mutter eingelegt hatten, für später. Und später war an diesem Abend. Am selben Abend hat Margit beschlossen nach Amerika zu fahren. In der Früh habe ich ihre Nachricht auf meiner Tür gefunden." – „Warte nicht mit dem Mittagessen. Bin in Amerika." – „Genau. Ich habe an ihre Tür geklopft, bin mit dem Fahrrad ins Dorf gefahren, ich habe sie überall gesucht, aber sie war schon weg." – „Und dann bist du zu mir gekommen." – „Genau. Und du hast gesagt..." – „Und ich habe gesagt: Du hast noch dein Nachthemd an." – „Stimmt. Das war mir aber egal und dir sowieso und dann hast du mir die rosenrote Aster gezeigt. Ich habe an diesem Vormittag die Post nicht aufgesperrt und sie auch nicht ausgetragen, weil wir zuerst getratscht und dann gekocht und dann mittaggegessen haben. Und du hast vergessen, einen

Strich in den Wirtshausboden zu ritzen." Jakovs Verlorenheit beginnt sich zu entfernen, verliert sich langsam hinter dem kod crikve, biegt um die Ecke in die Marijina ulica, als man sie schon lange nicht mehr sehen kann, hört man noch leise ihre Schritte auf der Straße, bis sie schließlich ganz verklingen. Vom fettfleckigen Heft sind nur mehr ein paar Zeilen übrig. Jakov nimmt noch einmal die Kerze in die Hand und verbrennt den Rest der Post vom Ende der Welt. „Ich habe nie mehr einen Strich in den Wirtshausboden geritzt." – „Das hast du nicht, Jakov. Du hast jeden Tag mit Don Stipe und mir zu Mittag gegessen. Ich habe nicht auf Margit mit dem Mittagessen gewartet, aber anders, als sie es gemeint hat." – „Du hast jeden Tag deine Bluse angepatzt." – „Ich habe dir beim Kochen zugeschaut." – „Ich habe dich beim Kochen angeschaut." – „Du hast mir auf die Hüften geschaut." – „Nur manchmal, wenn du nicht hergeschaut hast." – „Ich habe gesehen, wie du die Erdäpfel in Herzerlform geschnitzt hast." – „Das mach ich immer noch." – „Das stimmt gar nicht!" – „No sigurno stimmt das!" – „Du hast kochen gelernt, weil du aufgehört hast, Striche in den Wirtshausboden zu ritzen." – „Ich habe kochen gelernt, weil du mir dabei zugeschaut hast." – „Ich habe zugenommen, weil ich immer gekostet habe." – „Das war ganz meine Absicht." – „Na danke." – „Sehr, sehr gerne, Jelka."

„Was war ganz deine Absicht Tetac Jakov?“ Anica steht in der Wirtshaustür und wischt sich mit ihrem Nachthemd den Schlaf aus den Augen. „Dass ich aus lauter Angst, deine Teta Jelka nicht zu kriegen, angefangen habe, den Strudelteig so dünn zu machen, dass ich sie durch den Teig hindurch noch anschauen konnte.“ – „Und deshalb heißt dein Wirtshaus ‚Strudel der Gefühle'.“ – „Genau.“ Jelka zieht ihr Patenkind zu sich hinunter auf den Boden. Anica zeichnet mit dem Zeigefinger einen Esel in die Asche und schreibt „Hodi“ dazu. Hinter der Kirche schimmert orangerot der Morgen.

Die Presse stellt unangenehme Fragen.
Ein Esel stellt auf stur.
Grandma Jen verliert den Kopf.

„Ein bisschen weiter nach links, nein, ein bisschen weiter nach rechts. So, und jetzt zu mir herschauen, nicht in die Kamera schauen, nur zu mir herschauen!“ Katharina und ihre Regieassistentin Mini haben Don Stipe für das Interview in den Ehrensitz aus Plüsch-Stoff gesetzt. Der Sonnenstich des Fernsehteams hat Gott sei Dank nachgelassen, die Gesichtshaut der vier beginnt sich langsam zu schälen. „Herr Pfarrer, wie erklären Sie sich die Popularität der Don Camillo und Peppone-Festspiele?“ Don Stipe antwortet auf Katharinas Frage, indem er zuerst salbungsvoll mit einer Hand Richtung Himmel deutet und dann – „Aus! Wir müssen kurz unterbrechen! Da hinten geht ein Esel durchs Bild. Und jetzt bleibt er auch noch stehen und schaut uns zu.“ Max blickt sich um, ob er auf dem kod crikve irgendjemanden sehen kann und ruft genervt: „Kann jemand bitte den Esel wegtun?“ Hodi findet die Szene aber ohnehin nicht interessant genug und geht weiter. Er muss sich um das Pech kümmern, das er über blondes, in Wellen gelegtes Haar ergießen wird.

„Die Festspiele gründen auf einem unangenehmen Zwischenfall, der sich vor zwanzig Jahren am kod crikve zugetragen hat", holt Don Stipe aus. „Aber wie Gesù gestern so treffend gesagt hat, manches Schlechte hat auch ein Gutes, und in diesem Falle war es der Anfang eines Theaterwunders, das sich schon seit vielen Jahren im Sommer in Mjenovo ereignet." Don Stipe erzählt ausführlich die Geschichte vom Hendl Viktorija und davon, dass er daran denke, dem Tier ein Denkmal zu setzen, eine Skulptur, die er gegenüber der Marienstatue aufstellen wolle. „Viktorija hat im Ortsleben eine bedeutende Rolle gespielt. Sie ist überall aus und ein gegangen und ist behandelt worden wie eine Königin. Sie war ja auch etwas Besonderes. Sie müssen wissen, bevor sie ihr Quartier bei der Regisseurin bezogen hat, hat sie mir gehört – ich habe sie übrigens nach meiner seligen Mutter benannt. Als das Hendl dann vor einigen Jahren gestorben ist, hat es unser Haubenkoch Jakov in einer Suppe verkocht, von der dann alle Minihofer gegessen haben, bei einem gemeinsamen Sonntagsessen im ‚Strudel der Gefühle'. Wir haben uns gedacht, so lebt es irgendwie in uns weiter. Einfach begraben, das haben wir nicht übers Herz gebracht."

Don Stipe streicht zufrieden mit sich selbst und seiner Rolle als eloquenter Interviewpartner über seine Soutane. „Ich habe gehört, Sie gehören einer geheimen Organisation an, die sich nicht unbedingt mit den Idealen der Kirche deckt, Herr Pfarrer. Was können Sie uns dazu sagen?" Don Stipe schielt zur

Marienstatue hinüber und denkt an den Bischof, der sich gestern verabschiedet hat, noch bevor die Premierenfeier so richtig los gegangen ist. Als er fieberhaft überlegt, wie er die Frage beantwortet und gleichzeitig nicht beantwortet, kommt ihm Gesù zu Hilfe. Das I.N.R.I.-Schild auf dem Kreuz kracht auf den Bühnenboden. „Um Himmels Willen!", springt Don Stipe auf und ruft nur noch über die Schulter hinweg: „Wir machen später weiter!" Hebt das Schild auf und eilt damit zu Margit.

Hodi ist in der Zwischenzeit bei der „Casa Palmira" angekommen und frisst die Pelargonien aus Pero Csmarichs Blumenkistln. Er hat einmal ein Photo gesehen, auf dem ein Esel einen Hut mit Blumen aufhatte, ein überaus malerisches Bild. Hodi findet es nicht richtig, dass ihm niemand jemals so ein schönes Geschenk gemacht hat und frisst, angeleitet von Selbstmitleid, alle Blumen auf. Frustessen nach Eselsart. Die letzte lässt er aus seinem Maul hängen, ansichtskartenidyllisch, stellt sich direkt vor die Eingangstür und wartet. Drinnen essen Knickerbocker ohne Knickerbocker, dafür mit normaler Bundfaltenhose, und Fönfrisur ohne Fönfrisur und ohne Perlenkette, dafür mit Kater und Sonnenbrille, eine ordentliche Eierspeise. Sie haben sich bei der Premierenfeier ganz gut geschlagen und sind nicht aus dem Rahmen gefallen. Man will sogar bei Don Stipe vorstellig werden und Premierenkarten für das kommende Jahr reservieren.

Gestern haben sie dem Fernsehteam ein Interview gegeben, das Ehepaar kann sich aber an die Einzelheiten nicht mehr so gut erinnern und grübelt am Frühstückstisch darüber „was sie noch einmal genau“ gesagt haben. Ähnliche Themen beschäftigen Grandma Jen und Aunt Mildred am Nebentisch. Auch die amerikanischen Ladies sind mit Gedächtnislücken aufgewacht. Grandma Jen meint sich daran erinnern zu können, dass sie eventuell etwas Unpassendes über Margit gesagt haben könnte. Ihre Schwester weiß absolut gar nichts mehr, ihre Gedanken gehen in eine vollkommen andere Richtung, genau gesagt wenden sie sich Richtung Küche, in der der Frühstückspensionswirt vor sich hin summend Häferlkaffee zubereitet. Er serviert ihn Grandma Jen in einem weißen Häferl mit blauem Rand, Aunt Mildred bekommt das Getränk in einem mit Blumen dekorierten Häferl mit Goldrand und einem lieblichen Lächeln hingestellt. „Na, wie geht's den Damen heute Morgen“, fragt er und lächelt dabei Mildred ganz mildred ins Dekolleté. „Dein lovely coffee wird unsere Lebensgeister wieder wecken, Pete“, säuselt die charmant Angelächelte und schlägt die Augen nieder. Sie schlägt die Augen nieder, um nachzuschauen, ob ihr Dekolleté auch gut aussieht und schlägt sie zufrieden wieder auf. „Kannst du mir heute etwas von deiner lovely Heimat zeigen?“ Grandma Jen hat das *mir* in diesem Satz laut und deutlich gehört.

Samstagtag ist also Omatag ohne Tante, vielleicht kann sie sich ja auch bei ihrer Schwiegertochter ein bisschen umschauen und überprüfen, ob ihre Enkeltochter zumindest in halbwegs ordentlichen Wohnverhältnissen aufwächst. Wer weiß, ob dieser blöde Esel nicht sogar neben Anicas Bett schläft, sie hat gehört, dass es da einmal ein Hendl gegeben haben soll. „No sigurno zeig ich dir Mjenovo, Mildrica, no sigurno."

An Hodi kommt heute niemand vorbei, der die Frühstückspension verlassen will. Den Bauch voller Pelargonien kann er mühelos stundenlang nur so dastehen, bis sich die „Casa Palmira" endgültig geleert hat. Palmira und Xosé pressen sich an ihm vorbei, ohne sich in diesem Ort noch über irgendetwas zu wundern, das Ehepaar aus Wien unternimmt eine ausgedehnte Wanderung in das zehn Kilometer entfernte Strebersdorf, Aunt Mildred und Pero „Pete" Csmarich eine weitaus längere in die noch unbekannte Landschaft ihres jeweiligen Gegenübers. Grandma Jen begutachtet im Spiegel des Zimmers „Oban" den Sitz ihres in Wellen gelegten Haares, kopfschüttelt an Hodi vorbei und lenkt ihre US-amerikanischen Emigrantinnenschritte Richtung Sotbend. Als sie vor Margit Szabos Haus steht, sagt sie so laut, dass es auch die Nachbarn gegenüber hören können: „Wie kann man einen Sockel nur so verkommen lassen", und tritt übetrieben indigniert durch das grüne Tor.

„Maaaarr-giiiit! Hast du Pinsel und Farbe?“ – „No sigurno hab ich Pinsel und Farbe, und ich mal dir damit gleich Querstreifen auf den Körper, das macht nämlich dick, weil blöd bist du schon, du blöde Kuh.“ Margit steht in der Werkstatt und beugt sich über das I.N.R.I.-Schild, das Don Stipe vorbeigebracht hat. Leider hört die Schwiegermama dieses herzerfrischende Angebot nicht, weil sonst auf der Stelle die Fronten geklärt gewesen wären. Und so wähnt sich Grandma Jen allein in Sotbend 7, das Haus verlassen, Margit und Anica wer weiß wo, und Jen nutzt die Gelegenheit für eine gewissenhafte Inspektion.

Im guten Zimmer liest sie zuerst, was auf dem Zettel steht, der schief in der Schreibmaschine steckt, doch zu ihrem Bedauern werden auf dem Blatt keine Geheimnisse offenbart, da steht nur: `Liber Papa. Bei un  i t  ommer.` „Typisch, nicht einmal rechtschreiben kann sie und überhaupt, warum fehlen da die „s“. Naja, mich wundert gar nichts mehr. In Amerika würde das nicht passieren, aber bitte. Madame muss ja unbedingt in Minihof bleiben. Und das arme Kind sieht den Vater nur im Sommer.“ Grandma Jen grantelt sich durch das Zimmer, reißt das Backrohr auf, nimmt sich ein großes Stück vom Kirschenstrudel und bleibt missbilligend vor dem Spruchtuch stehen, das Margits Staramajka vor mehr als dreißig Jahren in weißes Leinen gestickt hat. „Ja sicher, die Madame kann sich ihre Geschichte aussuchen, eh klar, die Madame kann sich alles aussuchen, sie kann sich auch ihren Mann aussuchen, ihr doch wurscht, ob das mein Sohn ist oder nicht, die Madame kann sich auch aussuchen, ob sie heiratet oder nicht, sie kann sich alles aussuchen, die Madame." Jen steigert sich langsam zur persönlichen Bestform. „Aber eines kannst du dir nicht aussuchen, du Pomerantschn aus Minihof, deine Schwiegermutter, die kannst du dir nicht aussuchen." Jen bröselt sich mit dem Kirschenstrudel durchs Haus, betritt erwartungsvoll Margits Schlafzimmer. Ihre fetten Strudelhände wischt sie in die meerblauen Vorhänge „Merkt eh kein Schwein", sie nimmt das Photo in die Hand, auf dem Margit mit Leo und Anica im Zoo von South Bend zu sehen ist, schluchzt kurz „Mein a-ha-armer So-hon!" und beäugt eingehend die Einrichtung. Weil ihr sonst nichts Negatives auffällt, sagt sie schließlich zu sich selber: „Und warum steht der alte hässliche Kasten hier herinnen?" Sie öffnet die Spiegeltür und rümpft die Nase wegen des abgestandenen Geruchs, der sie an früher erinnert, und als sie die Tür schon zumachen will, entdeckt sie etwas, das ganz nach ihrem Geschmack ist. Briefe von Leo. Hunderte Briefe von ihrem Sohn Leo, zuerst an Margit, dann an Margit und Anica. Ganz und gar mit sich zufrieden legt sich Grandma Jen auf Margits Bett und vertieft sich in die Post, die ihr hoffentlich eröffnen wird, weshalb Leo sich seiner Mutter „Der eigenen Mutter!" in den vergangenen Jahren so entfremdet hat. Sie fühlt sich wie eine Spionin im Kalten Krieg, der endlich ein Gegenschlag gelingt, ein Gegenschlag, der die andere Seite, wenn nicht zur Kapitulation, dann zumindest zu massiven Zugeständnissen zwingt. Gerade liest sich Agentin Jen durch die ersten zarten Geständnisse der aufkeimenden Liebesbeziehung zwischen Ost und West, als sie von einer Reflexion im Spiegel abgelenkt wird. Sie schaut auf und sieht im Spiegel sich selbst und einen Gewehrlauf, der auf sie gerichtet ist, am Ende des Gewehres befindet sich Jelka, Margits füllige Freundin, und hinter Jelka Margit selbst, die ganz persönliche Gegenseite ganz persönlich. Agentin Jen weiß, wann ein Spiel zu Ende ist und ergibt sich. Sie lässt den Brief fallen und hebt die Hände in die Höh. „Ich wollte nur ...“ – „Muči! Muči! Du alte Schabracke! Du stehst jetzt auf und machst genau, was ich dir sage. Hinaus aus dem Haus, aber dalli.“ – „Aber ich habe ja nur Anica gesucht!“ – „Basama nigda, muči sad ur jednoč!“ Grandma Jen steht jetzt mitten auf dem Streckhof und traut der Verrückten, die auf ihrer Bluse eine riesige Brosche mit der Aufschrift „Traritrara“ trägt, alles zu und folgt aufs Wort. Jelka zielt mit Don Stipes rostigem Schießgewehr immer noch auf den US-amerikanischen Eindringling. „Pass einmal auf, du schlecht frisierter Hamburger! Du hörst auf, hinter meiner Freundin herzuschnüffeln! Du hörst auf, schlecht über sie zu reden! Du hörst auf, dich in ihre Angelegenheiten zu mischen! Du hörst auf, deinem Sohn einzureden, dass er sich eine Bessere verdient hat! Du hörst auf, alles an deiner Enkeltochter auszustallieren! Und am Sonntag verabschiedest du dich für ein paar Wochen und machst mit dem Postbus eine Rundreise durch Österreich. Haben wir uns verstanden?"

Das Tor quietscht in Jelkas rauschenden Redefluss hinein, Hodi spaziert durchaus zufrieden mit sich selbst und der Welt an sich in den Hof. Nie zuvor war Grandma Jen so froh den blöden Esel zu sehen, doch Jelka lässt sich durch sein Erscheinen nicht davon abhalten, Jen das Gewehr unter das Kinn zu halten. „Servus Hodi!" Vergiss nie einen Esel zu grüßen, wissen Jelka und Margit noch von Margits Stariotac und grüßen den Esel lieber einmal zu oft. Also noch einmal: „Servus Hodi!" Margit ist jetzt so angespannt wie morgens, wenn sie die abgeschlagenen Stellen des Sockels zählt. Lange schon hat sie sich ihre Geschichte nicht selber ausgesucht und sie ist sich auch gar nicht sicher, ob ihr trotziger Kindheitsspruch und die Schreibmaschine noch Macht über das Leben haben. Tatsächlich. Hodi bleibt bei Grandma Jen stehen, fixiert sie eine Zeit lang und zupft, mit einem einzigen eleganten Heben des Eselkopfes, Jens blondiertes, in Wellen gelegtes Haar von deren Haupt. „Siehst du, ich hab doch recht gehabt, Jelka, es ist eine Perücke! Slivovic?" – „Slivovic!"

Hodi legt sich mit der Perücke im Maul unter die Himbeerstaude. Margit gefällt sich in der Rolle der Großzügigen und sucht für Grandma Jen ein altes Kopftuch ihrer Staramajka heraus, bevor sie sie hinausschmeißt. „Eigentlich wollte ich dich fragen, ob du mir einen Riemen aufs Gewehr montieren kannst, gestern hab ich es auf der Bühne zwei Mal fast verloren.“ Don Stipes rostiges Schießgewehr lehnt in einer Ecke der Tischlerwerkstatt. „No sigurno“, sagt Margit und schenkt den Slivovic großzügig ein, froh darüber, dass Grandma Jen den Zettel mit der Perückengeschichte im Backrohr hinter dem Kirschenstrudel nicht entdeckt hat.

Tetac Jakov erzählt eine Geschichte vom Finden und Verlieren. Branko träumt davon, der Held eines Groschenromans zu sein. Es gibt Sommersprossen, die den Winter überdauern.

Anica hockerlt auf dem Boden vor dem Wirtshaus und hält die Schaufel, Tetac Jakov kehrt die Asche hinein. „Was hast du da eigentlich verbrannt, Tetac Jakov?“ – „Nichts Wichtiges, Anica. Es waren nur leere Worte.“ – „Was sind leere Worte?“ – „Leere Worte sind wie eine Buchstabensuppe ohne Buchstaben. Und ohne Suppe. Apropos ohne alles – hilfst du mir in der Küche? Ich werde sonst nicht mehr fertig, heute Abend kommen viele Gäste.“ – „Na gut, aber nur, wenn du mir die Geschichte erzählst, wie ich auf die Welt gekommen bin und wie mich Teta Jelka gerettet hat.“ – „Na gut, aber nur, wenn du die Erbsen nicht alle aufisst, wenn du sie schälst.“ In Jakovs Küche hat Anica einen Platz, auf dem nur sie sitzen darf, auf der Arbeitsplatte gleich neben dem großen Schneidbrett. Jakov hängt ihr eine viel zu große blaue Schürze um und meistens reden sie über alles, am liebsten aber über Dinge, bei denen sie sich überhaupt nicht auskennen, manchmal aber reden sie auch von früher, von Zeiten, als Anica noch gar nicht auf der Welt war.

„Na gut, Anica.“ Jakov schüttet Mehl auf die Arbeitsplatte. „Du weißt ja, dass man sich seine Geschichte nicht aussuchen kann, wenn sie deine

Mutter auf ihrer Schreibmaschine erzählt. Und genau darauf hat deine Teta Jelka gezählt, als sie dich vor sieben Jahren ganz fest im Arm gehalten hat, weil du an einem luftigen Oktobersonntag am Sterben warst. Gerade erst warst du auf die Welt gekommen und schon unterwegs in das nächstgelegene Krankenhaus mit Frühgeborenenstation. Branko! Branko! Ich glaub sie ist schon tot! Das hat deine Teta Jelka nach vorn geschrien und Branko hat sich die Ohren zugehalten, also nicht wirklich, weil er ja den Postautobus gelenkt hat, aber er hat seine Schultern angehoben und versucht, so seine Ohren vor der Stimme deiner Teta Jelka zu schützen."

Das ist Anicas Lieblingsstelle, sie lacht und verkutzt sich an einer Erbse. Jakov klopft ihr drei Mal auf den Rücken „Alter Verkutztrick!" und erzählt weiter. „Da rasen also der verbogene Postautobuschauffeur Branko, die ängstliche Teta Jelka und du in einem gelben Bus die Landstraße entlang und stell dir vor, was passiert wäre, wenn man draußen gehört hätte, was sich drinnen abgespielt hat. Den sonntäglichen Frühaufstehern hätte sich eine melodramatische Szene geboten. ‚Ich bleib stehn, wenn Sie nicht aufhören, Teta Jelka, ich lass Sie aussteigen, majka Božja', hätte der Ferenc Karall gehört, der war nämlich gerade auf dem Weg in die Kirche. Aber so hat er nur einen Postautobus gesehen, der mit überhöhter Geschwindigkeit durch Mjenovo gefahren ist und er hat weiter an seine Marica

Kuzmits denken können, die noch zu Hause im Bett gelegen ist." – „Weil sie nie in die Kirche geht!", ruft Anica. „Ja, jetzt kannst du vorlaut sein, aber damals hast du gar nichts gesagt, und weil du so kraftlos geschwiegen hast, hat die Teta Jelka umso mehr geredet. Sie hat angefangen zuredenundredenundreden, um dein Leben, um ihr eigenes, und in diesem Augenblick ist ihr alles unwichtig vorgekommen, was sie sonst unglücklich gemacht hat. Plötzlich hat sie den August herbeigesehnt, obwohl sie im August immer eine Traurigkeit überfällt, das weißt du ja, schon während der letzten Tage im Juli zerrinnt ihr das heitere Gefühl des Sommers." – „Weil im August der Briefträger den Brief gebracht hat, vom untergegangenen Schiff mit ihrer Mama und ihrem Papa. Und ihren Brüdern." – „Ja genau, das hat er. Deine Teta Jelka hat gesagt: ‚Ich verspreche, ich werde nicht mehr unglücklich sein, im August nicht und nicht im Winter, ich versprech's, wenn du nur den nächsten Mai erlebst.' In Veliki Borištof hat sie dir dicke Tränen aufs Gesicht geweint und Branko hat ein Eichhörnchen überfahren."

Jakov knetet den Strudelteig mit Wasser und Butter und deckt ihn zu. „In Felsőpulya ist der Branko stehengeblieben, er ist ausgestiegen und hat eine halbe Zigarette geraucht, sonst hätte er deiner Teta Jelka noch etwas angetan. Als er wieder eingestiegen ist, hat er gesagt: ‚Dass das klar ist, egal was mit der Kleinen ist, jetzt sind wir schon auf dem Weg und jetzt fahren wir bis nach Oberwart.' In der ersten Reihe des Postautobusses ist deine Teta Jelka gesessen und ganz still geworden, sie hat sich nicht mehr gerührt, sie hat sich gar nicht mehr getraut dich anzuschauen, Anica. Hat auf die verfärbten Wälder geschaut. Steinberg. Sie hat euch beide gewiegt, nach vor, zurück, nach vor, zurück. Dörfl: Von der Rübenernte sind dicke erdige Traktorspuren auf der Straße gelegen. Piringsdorf: ‚Man kann sich seine Geschichte aussuchen, wenn sie Szabo Margit auf ihrer Schreibmaschine erzählt.' Jelka hat ganz leise geredet, damit der Branko sie nicht hört. Hochstrass. Lockenhaus."

Jakov nimmt frisch geerntete Gurken und beginnt sie hauchdünn zu schneiden. „Und dann hat sie dir Dinge ins Ohr geflüstert, die sie noch keinem erzählt hat, auch deiner Mama nicht und mir auch nicht. Ins Wiegen hinein, in deine Stille hinein. Langeck. Sie hat gesagt: ‚Immer wenn ich glücklich bin, bin ich übermütig. Dann denke ich, dass die Schönheit des Augenblicks ewig dauert und dann lache ich alle aus, die mir grantig und trübsinnig entgegenkommen.' Sie hat gesagt: ‚Ich bin hochmütig und ich bin eitel im Glücklichsein.' Weißenbach. Günseck." Jakov hat aufgehört Gurken zu schneiden und erzählt, wie man erzählt, wenn eine Siebenjährige mit offenem Mund auf einer Arbeitsplatte sitzt und zuhört. „In dem Waldstück nach Günseck ist ein Frosch nur knapp den Rädern des Postautobusses entkommen. Branko hat Teta Jelka immer wieder prüfend über den Rückspiegel angeschaut. In Bernstein hat sie an die Brosche gedacht, die ihr deine Mama mitgebracht hat aus Mariazell und die sie verloren hat, als sie mit ihrem roten Fahrrad die Post ausgeführt hat. Ich habe sie gar nicht trösten können, so unglücklich ist sie deswegen gewesen. ‚Srce moje, srce moje', habe ich zu ihr gesagt und ihr übers Haar gestrichen." – „Aber sie hat sie wiedergefunden! Ich kenn die Brosche!" – „Ja, sie hat sie wiedergefunden, denn an dem Tag, an dem deine Mama ihrer Freundin die Brosche geschenkt hat, hat sie ein Blatt in ihre Schreibmaschine eingezogen und die Geschichte vom Verlieren und Finden geschrieben. Und da kommt nicht einmal ein ‚s' vor."

Jakov legt die Gurken in ein Tuch, salzt sie ein und Anica darf mit aller Kraft draufpressen. „Mariasdorf: Branko würde gerne noch eine Zigarette rauchen, er traut sich aber nicht stehenzubleiben, weil ihm der Vorwand fehlt, weil Teta Jelka aufgehört hat zu sagen, dass er stehen bleiben soll. Der Branko hat sich seinen Sonntag auch anders vorgestellt, es war immerhin sein freier Tag. Der Postautobus steht dann immer vor seiner Haustür." – „Das weiß ich, das hab ich schon gesehen!" –

„Ja, das macht er heute noch. Also, er ist ganz gemütlich in seinem Bett gelegen und hat gelesen, als deine Teta Jelka ohne anzuklopfen in sein Schlafzimmer gestürmt ist. ‚Branko! Starte den Motor an, wir fahren nach Oberwart, aber dalli!' Weil Jelka die Postlerin von Mjenovo ist und Branko noch sehr jung und sehr schüchtern ist, hat er sich gar nicht nein sagen getraut. Und natürlich, weil da auch keine Widerrede möglich war." – „Hat sie Don Stipes Schießgewehr dabei gehabt?" – „Nein. Das war nicht nötig. Sie hat ja dich im Arm gehabt. Du weißt ja, wie er ist, der Branko, er hat immer schon ein weiches Herz gehabt und einen unverbesserlichen Hang zur Romantik, das sagt jedenfalls die Missis, und die muss es ja wissen, sie ist immerhin seine Tante. In der Postgarage sagen sie ihm heute noch Schmuse-Branko. Das kommt aber auch davon, dass er in seinen Pausen mit Vorliebe Groschenromane liest und sich Liebesgeschichten ausdenkt. Als die Teta Jelka hereingestürmt ist und ihm gesagt hat, dass er mit dir und ihr nach Oberwart fahren muss, aber dalli, da braut sich gerade ein fürchterliches Gewitter über dem Zillertal zusammen." Jakov deutet mit der Hand Richtung Himmel und erzählt mit vollem Körpereinsatz, man merkt eben, dass er einmal bei den Don-Camillo-und-Peppone-Festspielen der Erzähler war. „Die Bergler-Rosi, auf der Alm ungeschützt dem zornigen Groll des Himmels ausgesetzt, bemerkt nichts von dem Unwetter, weil ihr Gesicht mit Tränen bedeckt ist, denn der Steiger-Hannes liebt eine andere, die reiche und schöne Wirtstochter Hannerl, die Rosi hat es mit eigenen Augen gesehen, wie sie einander umarmt haben. ‚Aber das stimmt ja gar nicht, er liebt ja nur dich allein, die junge Wirtin ist seine Halbschwester, ein Seitensprung des Steiger-Vaters, der ja immer schon seinem Familiennamen alle Ehre gemacht hat', kopfschüttelt Branko gerade in seine frisch erworbene Ausgabe von ‚Wenn ich dich wiederseh beim Alpenglühn' hinein, als die Schlafzimmertür aufgeht. Als er den Motor des Postautobusses startet, stellt er sich vor, dass er einen Einspänner lenkt und wagemutig über gefährliche Pässe hinwegfährt, zielsicher vorbei an bedrohlich steil abgehenden Felswänden, herabstürzenden Steinbrocken ausweichend, und dass er der Bergler-Rosi zu Hilfe kommt, um sie vor den todbringenden Blitzen auf den ungeschützten Höhen der Zillertaler Almweiden zu retten. Als Teta Jelka mit dir in der ersten Reihe Platz nimmt, springt er gerade vom Kutschbock, die Tür geht zu, er packt die Bergler-Rosi, durchnässt und verweint, Jelka wimmert, er hebt sie in seine starken Arme, Teta Jelka presst sich in den Sitz, er rennt mit ihr, glücklich und besorgt, zur Schutzhütte, da heult Jelka, weil du keinen Mucks mehr tust und er fährt los, die Bergler-Rosi sieht ihm dankbar und mit glasigem Blick in die Augen und, und da hört er zum ersten Mal die Worte ‚Branko! Branko! Bleib steh'n ich glaub sie ist schon tot'. Wenn du glaubst, der Branko kann sich auf die Belohnung der Bergler-Rosi konzentrieren, hast du die Geschichte nicht verstanden.“ Jakov mischt Topfen unter die Gurken, Anica streut scharfen Paprika dazu. „Ich hab sie aber verstanden, Tetac Palatin! Er hat nicht zuhören und sich die Geschichte weiterdenken können, gleichzeitig.“ – „Genau, denn auch die Vorstellungskraft des Schmuse-Branko hat ein Ende. Und anstatt die hingebungsvolle Liebe der Rosi zu empfangen, die ihm eine gute Frau sein würde und ihm zahlreiche Kinder schenken würde, hat er alle Mühe gehabt die Teta Jelka zu ignorieren.“

Jakov beginnt den Strudelteig auszuziehen und sagt leise: „Jormannsdorf: Wenn es der Margit nur so gut geht daheim, dass sie Papier einspannen kann und anfangen kann zu schreiben. Von dem Tag, an dem die Anica auf die Welt kommt und auf der Welt bleibt. Von mir aus mit einem S-Fehler.“ – „Das ist gemein! Ich zutzle gar nicht.“ – „Glück gehabt, Anica!“ Jakov zieht den Teig dünn über seine Unterarme und sagt durch den Teig hindurch: „Bad Tatzmannsdorf: Teta Jelka schaut dich nicht mehr an. Branko muss schon längst dringend aufs Klo. Außerdem hat er nicht getankt, das macht er immer erst am Montag in der Früh. Um sich abzulenken, denkt er daran, wie er seinen ersten eigenen Groschenroman anlegen wird. Das hat er nämlich vor. Und da würden sie dann schauen, seine Chauffeurskollegen, wenn unter dem Titel ‚Der Graf und die Tänzerin' Branko Karlovits stehen wird. Das klingt aber nicht so gut, denkt er sich, als er die nächste Kurve ein bisschen zu schnell nimmt und denkt an einen Künstlernamen, ein Pseudonym. Branko Bruni oder Branko Brankino, das würde ihm gefallen. Oder Branko Anders, das erinnert an Albers, klingt aber geheimnisvoller und mondäner. Das denkt sich der Branko Karlovits, als er in letzter Sekunde bremst, weil ein Reh über die Straße hüpft. Und dann flucht er, du weißt ja, wie er fluchen kann." – „Teta Jelka hält mir dann immer die Ohren zu!" – „Ja, das macht sie. Damals aber hat deine Teta Jelka nichts getan und nichts gesagt. Und du hast auch immer noch nichts gesagt. Glaubst du, wir brauchen noch Salz?" Anica kostet die Strudelfülle und nickt. „Die Teta Jelka überlegt, ob sie dir etwas Aufmunterndes erzählen soll und überlegt es sich dann doch anders. Und als sie so schweigt, da ist der Schmuse-Branko wieder ganz im Zillertal, weil die Bergler-Rosi, die schweigt auch so schön. Sie ist ein bisschen ohnmächtig geworden von der überwältigenden Macht der Gefühle. Er denkt an die nächste Zigarette und macht stattdessen Feuer im Kamin. Gut kann das ja nicht sein, wenn sein Roserl so daliegt mit den nassen Kleidern. Er zieht sie aus, natürlich ohne hinzusehen, er ist ja ein Kavalier der Berge, und deckt sie mit einem Überwurf zu, den er in einer Truhe findet. Deine Teta Jelka deckt dich nun doch mit Worten zu. Das hat damals angefangen, an diesem Oktobersonntag zwischen Bad Tatzmannsdorf und Oberwart, und hat nicht mehr aufgehört, bis heute." – „Weil sie mir am Jelkatag immer die schönsten Geschichten erzählt." – „Genau. Damals hat sie um dein Leben geredet und später nicht mehr aufgehört aus Freude darüber, dass du diese Fahrt mit dem Postautobus und die vorzeitige Geburt im Schlafzimmer von Sotbend 7 überlebt hast."

Jakov und Anica schlagen die Fülle in den Strudelteig. „Unterschützen: Branko hält es schon fast nicht mehr aus, die Tanknadel ruht schon lange im Reserverot. Die Bergler-Rosi immer noch in der Ohnmacht. Soll er einen Blick unter den Überwurf riskieren? ‚Manchmal fallen wir über den Rand der Welt, weil wir in die falsche Richtung schauen oder weil gerade jemand unseren Namen sagt und wir uns umdrehen. Aber dass du mir jetzt da in meinen Armen wegstirbst, ohne dass du über den Rand der Welt geschaut hast, das darf es nicht geben. Denn dann will ich selber noch heute so tun, als ob jemand Jelka! rufen würde und ich drehe mich um und schau mir selber beim Fallen zu.' Genau diese Worte hat Teta Jelka zu dir gesagt, sie hat es mir erzählt, als sie heimgekommen ist. Weißt du, aus ihr hat die Angst gesprochen und wenn man ängstlich ist, da kann einen schon einmal das Inwendige überkommen. Nicht viele wissen, dass sie manchmal sehr traurig ist, vor allem im August und im Winter, aber in der restlichen Zeit ist sie ausgelassen und fröhlich, wie man sie kennt, die Jelka mit ihrem schnellen roten Fahrrad."

Jakov schiebt den Strudel ins Rohr. "Felsőőr: Ortstafel. Branko denkt an das nächste Klo, Teta Jelka schaut dich an. Seit über einer Stunde seid ihr bereits unterwegs. Branko geht zu seiner Erleichterung vor die Schutzhütte, weil ihm nichts anderes übrigbleibt, Teta Jelka steigt auch aus, Branko macht sein Hosentürl zu, Jelka macht die Tür zum Krankenhaus auf, er geht in die Hütte zurück und fällt dem Bergler-Roserl in die Arme, sie übergibt dich in die Arme der Krankenschwester. Dann verschwindet ihr, die Krankenschwester und du. Branko versäumt die Szene leider wegen seiner schwachen Blase, schade, schade, denn die Krankenschwester hat eine große Ähnlichkeit mit der Bergler-Rosi gehabt. Und dann stehen sie da, der Postautobuschauffeur und die Postlerin. Beide erleichtert. Es ist acht Uhr neununddreißig. In einundzwanzig Minuten sperrt das erste Kaffeehaus auf. Teta Jelka denkt an Margit. Branko küsst die Rosi. Und dann gehen die beiden Kaffee trinken. Teta Jelka trinkt einen doppelten Schnaps dazu. Branko Anders bestellt einen Spritzer. Ferenc Karall denkt in der Sakristei an die schlafende

Maria Kuzmits und lächelt." – „Und der Frosch wird doch noch von einem Auto überfahren." – „Genau, der Frosch wird doch noch von einem Auto überfahren."

„Worüber redet ihr da?" Jelka stellt das Schießgewehr, jetzt mit Riemen, in die Küchenecke und hebt Anica vom Küchentisch. Anica bedeckt sie mit Küssen und Küssen und Küssen und sagt: „Ich weiß, warum ich manchmal in der Nacht aufwache und nicht mehr einschlafen kann. Weil ich von den Tränen träume, die du mir aufs Gesicht geweint hast im Postautobus vom Branko."

Was Jakov Anica nicht erzählt hat: Dass Jelka mit Branko schweigend nach Mjenovo zurückgefahren ist, dass sie in Sotbend 7 ausgestiegen ist und Margit im guten Zimmer gefunden hat, eingeschlafen über der Schreibmaschine. Er hat nicht erzählt, dass Jelka Margit ins Bett getragen hat und dass sie zwei Monate lang bei ihr geblieben ist, Margits Tränen vom Finden und Verlieren getrocknet hat. Dass Jakov jeden Tag Essen vorbeigebracht hat, das niemand essen konnte, obwohl es gut geschmeckt hat, dass Hodi und das Hendl Viktorija leise über den Hof geschlichen sind. Dass Marica Kuzmits das erste und letzte Mal eine Messe besucht hat und Don Stipe keine Lust mehr hatte, den geheimen Geheimgang zu benutzen. Jelka ist so lange bei Margit Szabo geblieben, bis man Anica mit dem Rettungsauto heimbringen konnte.

Klein und leicht. So wie sie heute noch ist, und auch damals hatte sie schon, wie heute noch, ein paar helle Flecken auf ihren Wangen, in denen Fremde nur Sommersprossen erkennen. Jelka küsst die Spuren ihrer ängstlich vergossenen Tränen auf Anicas Gesicht und sagt: „Hodi! Ich glaube deine Staramajka Jen wartet auf deinen Besuch."

Pero Csmarich macht einen beinahe selbstlosen Vorschlag. Die Presse verpasst wieder einmal die besten Geschichten. Ein Jahrestag wird gefeiert.

Anica geht über den Kirchenplatz, an den Bänken vorbei, hüpft auf die Bühne und über die Wirtshausgarnituren, springt auf der anderen Seite wieder herunter und sieht, als sie in die Marijina ulica einbiegt, eine aufgeregte Menge vor Pero Csmarichs Frühstückspension. Missis schüttelt immer wieder den Kopf und sagt: „Da ist gar nichts mehr zu machen. Also, ich seh da gar keine Möglichkeit.“ Pero streichelt Aunt Mildred mehr zärtlich denn tröstend über den Rücken, während Mildred ihrer Schwester die Hand tätschelt und „Mach dir nichts draus, ist ja nicht so schlimm, wir kaufen dir einfach neue, Sweetheart“ sagt. Palmira und Xosé verstehen ausnahmsweise alles, sie haben nämlich Jens Zimmer gesehen, nachdem Hodi sich darin umgesehen hat. In „Oban“ ist nichts mehr wie es einmal war. Hodi hat Jens blonde Ersatzperücke über das ganze Zimmer verteilt, er hat die geblümten Kleider aus dem Kasten gezerrt und sorgfältig die Blumen einzeln herausgebissen. Dann dürfte er es sich im Bett gemütlich gemacht haben, sein schöner Eselskörper hat nämlich eine eindeutige Delle in der Tuchent hinterlassen, die übersät ist von Eselshaar. Außerdem riecht es in „Oban" wie im Moor des ewigen Gestankes. Und sie haben auch verstanden, dass Missis mit ihrer modischen Einschätzung recht hat, aus Jens löchrigen Kleidern kann selbst sie nichts mehr machen. Anica zupft ihre Großmutter am Kleid. „Grandma, warum hast du eigentlich ein schwarzes Kopftuch auf?" Das war die falsche Frage zur falschen Zeit am falschen Ort, denn Jen „buhuhuhuhu" bricht erneut in lautes Weinen aus und Pero zischelt zu Anica mit einem Finger an den Lippen: „Psch! Das ist die falsche Frage zur falschen Zeit am falschen Ort." Man könnte meinen, dass Pero verzweifelt sein müsste über das verwüstete Zimmer, er aber wittert eine einmalige, romantische Gelegenheit und meint beinahe selbstlos: „Macht euch keine Sorgen, Ladies. Mildred, du kannst gern bei mir schlafen, und Jen, deine Schwiegertochter hat sicher ein Platzerl für dich." Keiner versteht, weshalb Jen bei Peros Vorschlag noch lauter zu weinen beginnt. Zu dieser italienisch anmutenden Szene stoßen Katharina, Mini, Max und Tom. Sie lassen ihre Fernsehausrüstung vor der Tür stehen und lassen sich von Missis über die missliche Lage aufklären. Wie schon so oft in Mjenovo haben sie das Gefühl, dass sich die guten Geschichten außerhalb des Festivals abspielen. „Madonna! Was ist ier lose! Ier geht es ja zu wie in eine italienische Dorfe! Was ist passierte, eh?" Don Stipe spürt, dass der Geist Giovannino

Guareschis endlich in Mjenovo angekommen ist und freut sich über den kleinen Menschenauflauf und die gackernde Aufgeregtheit in der Marijina ulica. „Perché trägt die Americana ein swarzes Kopftuch wie eine sizilianische Mama? Oder wie meine eigene Mama, bog neka joj da pokoj, Gott hab sie selig!" – „Buhuhuhu!" – „Scusa! Scusa! Abe iche etwas Falsches gesagte?" Alle, aber auch wirklich alle schütteln bejahend den Kopf. Auch die Spanier, die angesichts der verwirrenden Geschehnisse wieder das Gefühl der morriña überkommt, Palmira und Xosé vermissen das Weitausschauen ins Meer mehr denn je. Auch angesichts der Tatsache, dass der eigenartige Pfarrer, der italienische Wurzeln zu haben scheint, sich bekreuzigt, umdreht und einfach wieder geht. Dem Monsignore will nicht einfallen, was Don Camillo in dieser Situation getan haben könnte. Mit den Worten „Tschuldigung, muss mich auf die Vorstellung vorbereiten" verschwindet er. Er ist zwar einerseits Hirte seiner Gemeinde, aber erstens ist die Lady nicht von hier und zweitens ist er im Sommer vor allem Maestro und das ist schon Aufregung genug. Außerdem ist morgen der erste Sonntag im Monat, und er will seinen freien Tag genießen und, ehrlich gesagt, diese Jen riecht nach Ärger.

Wer in dieser Situation die Übersicht bewahrt, ist Missis Karlovits, nachhaltiges Erbe ihrer vielen Jahre als Lehrerin von Mjenovo. „Pero! Du kümmerst dich um das Zimmer! Mildred, you are going to help him. Jen, du kommst mit mir mit, und Anica, du auch. Das werden wir gleich haben. Ich habe in meinem Theaterfundus noch einiges für dich zum Anziehen, mach dir keine Sorgen." Anica nimmt ihre Großmutter an der Hand und hüpft auf dem Weg zur Missis auf und ab, sie liebt es, in ihrer Truhe zu stöbern. Jen hofft, dass diese Kostümbildnerin nicht nur Soutanen übrig hat, die Jelka mit den Jahren zu eng geworden sind.

„Bitte, bitte, nur einmal! Weil wir heute Jahrestag haben! Bitte, lass sie schnalzen, so wie früher, nur für mich Marica, meine atheistische Madonna!" – „Nimm das sofort zurück Feri! So redet man nicht, das ist Blasphemie!" – „Marica, Engelchen, bitte!" Marica und Ferenc sitzen, wie immer an ihrem Jahrestag, im Heustadl und lassen die Ereignisse von vor zwanzig Jahren aufleben. Froh darüber, dass sie an der Liebe nicht vorbeigegangen sind. Froh darüber, dass sie mutig waren. Froh darüber, dass sie mutig geblieben sind. „Ich lasse die Hosenträger für dich schnalzen, Feri, aber nur, wenn du mit mir am Sonntag einen Ausflug machst." – „Einverstanden!" Der Mesner Ferenc würde selbstverständlich niemals und unter keinen Umständen eine Sonntagsmesse versäumen, doch morgen ist Don Stipes freier Tag, worauf Marica regelmäßig vergisst, weil sie selber ja nie in die Kirche geht. Manchmal, wenn sie sonntagmorgens schon beim Frühstück über die Ausbeutung der Massen und die Revolution der Unterdrückten redet, steht er auf und tut so, als müsste er in die Kirche gehen. Denn manchmal kann man eben nur mutig sein, wenn man auch mutig genug ist, als Katholik eine kleine Notlüge zu riskieren. Eine Notlüge, wohlgemerkt, die er noch nie bei Don Stipe gebeichtet hat. Als universell denkender Gläubiger hat er von Marica gelernt, die Dinge in größerem Kontext zu sehen, solange sie der guten Sache, in ihrem Falle dem konfessionenübergreifendem Dialog dienen. Der inneramouröse Dialog, der sich nach dem Schnalzen der Hosenträger ergibt, dient dem emotionalen Ausgleich der Liebenden und im Endeffekt dem harmonischen Ablauf der Abendvorstellung.

Beinahe kommen Gesù und der Erzähler zu spät zur Aufführung. Als sie die Gospodarova ulica entlang rennen, so schnell Ferenc mit seinem Holzbein rennen kann, wundern sie sich darüber, dass Anica an der Hand eines Inders Richtung Kirchenplatz spaziert. Der kunstvoll gewickelte Turban leuchtet blau in der beginnenden Abendstimmung, in gebrochenem Weiß hebt sich der Kaftan von der Kopfbedeckung ab. Wenn es Marica und Ferenc nicht so eilig gehabt hätten, hätten sie gesehen, dass das Blau des Turbans von winzigen weißen Blüten durchsetzt ist. Missis hat in ihrem Fundus einen Ballen Blaudruckstoff gefunden, der Kaftan ist ein eilig zugeschneidertes ehemaliges Leintuch, das Missis wehmütig und zufrieden an Liebesabenteuer vergangener Tage erinnert. „Kein Wunder", wird Don Stipe den Reporterinnen nach der Vorstellung sagen. „Kein Wunder, dass sie sich so gut auskennt, sie war früher einmal in Indien oder Pakistan, dort reden sie nämlich Englisch." – „Ich habe das Gefühl", zischelt Katharina Mini vor der Vorstellung zu, „dass sich die besten Geschichten hier abseits der Bühne abspielen." – „Das habe ich auch! Ich finde, wir sollten noch ein paar Tage bleiben." – „Dobro!", antwortet Katharina, stolz über ihre so schnell erworbenen Sprachkenntnisse. „Wer weiß, was heute Abend bei der Vorstellung passiert, vielleicht müssen wir ja noch einmal drehen. Die Hühner haben sie heute eingesperrt, aber der Esel könnte eine Gefahr darstellen. Hast du dich in „Oban" umgesehen?" – „No sigurno." Doch Hodi ist für diesen Tag zufrieden mit sich selbst, von ihm geht keinerlei Gefahr aus, er steht neben den Zuschauerbänken und verfolgt mit einem Löwenzahn im Maul und großem Interesse die Vorstellung. Esel lieben die Schönheit und die Kunst, wie man weiß.

Im „Strudel der Gefühle" dinieren, müde von der Wanderung nach Strebersdorf und zurück, Fönfrisur mit Perlenkette und Knickerbocker mit Muskelkater. Am Nebentisch können Palmira und Xosé zum ersten Mal nachvollziehen, weshalb

Santiago unaufhörlich von der Minihofer Gurke schwärmt. Dafür ist es nicht notwendig, auch nur ein Wort Kroatisch oder Deutsch zu verstehen. Seinen Gästen gegenüber sitzt ein glücklicher Pero Csmarich. Pero hat heute Schwierigkeiten mit dem Essen, weil er, während sieben ausgedehnten Gängen, Mildreds Hand halten muss, um sie nicht wieder zu verlieren. Hin und hergerissen ist er. Zum einen muss er Mildred immer wieder schmachtende Blicke in Dekolleté und Augen werfen, zum anderen will er Palmira und Xosé von seiner jüngsten Idee überzeugen. „Könnten sie nicht hierbleiben und die ‚Casa Palmira – konac svita' übernehmen? Ein Ende der Welt gibt es überall, egal ob in Fisterra oder Mjenovo." Dann könnte er wieder seinen alten Rucksack packen und mit Mildred zuerst die Welt und dann Amerika bereisen und schließlich bleiben, wo es ihnen gefällt. Während sich der Geschmack von Gurkeneis mit Jeromehohlhippen am Gaumen der Gäste ausbreitet, brandet der Schlussapplaus am kod crikve auf. Jakov tritt vor die Tür, um Jelka zumindest beim Verbeugen anzuschauen, die Gäste folgen ihm und sehen, dass Don Stipe mit einer freundlichen Geste das Publikum zum Schweigen auffordert. Als alles ruhig ist, sagt er:

Ich bin der Maestro, bin Peppone
Ich bin ein Pfarrer, der ohne
Seine Freunde niemand wär
Ein kauziger Träumer nur
Mit rostigem Schießgewehr
Wenn ich auf der Bühne steh
Wenn ich in die Kirche geh
Wenn ich sie begrabe, taufe
Wenn ich mit meinem Herrgott raufe
Bin ich in ihren Augen mehr
Als ein kauziger Träumer nur
Mit rostigem Schießgewehr
Manch einer sagt, hier endet die Welt
Ich sage, hier fängt sie an! Verstellt
Ist nur der Blick von jenen
Die sich nach andern Welten sehnen
Ich bin Don Stipe, bin Peppone
Ich bin ein Pfarrer, der ohne
Seine Freunde niemand wär
Ein kauziger Träumer nur
Mit rostigem Schießgewehr
Morgen ist mein freier Tag
Ich will ihn gerne mit euch feiern
Und lade euch zum Mulatság
Mit Hühnersuppe, Brot und Eiern
Mit Braten, Kraut und Strudeln auch
Um elf beginnts, ich freu mich drauf

Sonntag

Jen schläft in einem fremden Bett.
Margit erzählt die Geschichte vom Kipferl.
Jurica Horvath hat sein Geheimnis nie verraten.

Es ist kurz nach Mitternacht in Mjenovo und anderswo. Obwohl die Nacht vom Samstag auf Sonntag üblicherweise gewürdigt und nicht verschlafen wird, ist alles ruhig. Nur in Jakovs Küche und in der der Palatins wird Don Stipes überraschende Überraschungseinladung vorbereitet. Weshalb er den Mulatság nicht früher angekündigt hat, weiß nicht einmal der Pfarrer selbst. Stipe ist darüber selbst erstaunt, dass er sich nach der Vorstellung mit einem Spontangedicht an Kroatisch Minihof gewandt hat. Selten ist ihm ein Gedicht so gut gelungen, finden die Zuhörer. Auch Branko, der Postautobuschauffeur, der in Stipe einen würdigen Poetenkollegen erkennt, gratuliert ihm überschwänglich, klopft ihm auf die Schulter und verrät ihm „Nur ihm!" dass demnächst sein erster Groschenroman erscheinen wird. Weil Don Stipe nicht nur Dichter, sondern auch Seelsorger ist, verschweigt er dem ambitionierten Romancier, dass er sich selbst in einer vollkommen anderen Liga sieht. Heine! Rilke! Kräftner! Mit ihnen würde er sich gerne eine Reihe in einem Bücherregal teilen. Doch auch Stipe und Branko sind längst im Bett, nachdem sie leidenschaftlich über Für und Wider des Happy Ends in der Literatur diskutiert haben.

Anica liegt quer über ihrem Kinderbett, umhüllt von einem schwebendleichten Schlaf vom Fliegen, an der äußersten Kante dreht und wendet sich in unruhigen Träumen Grandma Jen. Sie träumt von sprechenden Eseln, die blonde Perücken tragen, von Jelka, die sie mit dem Fahrrad überfährt und von einem riesigen Suppentopf, in dem sie sich selbst schwimmen sieht. Mit viel Paprika und noch mehr Knoblauch. Jelka schaut von draußen durchs Kinderzimmerfenster und flüstert: „Sie schlafen alle beide. Idemo!"

Jelka und Margit gehen über den Hof, durch den Garten, an der Himbeerstaude vorbei, am Birnbaum vorbei, gehen über die Felder, gehen über den Rübenacker und bleiben links davon stehen. Dort, wo die Welt aufhört, oder wo sie anfängt, wie man's nimmt. Hinterm Rübenacker links dehnt sich ein Streifen langgezogener Wiese aus, der am Rande ausfranst. Jelka und Margit setzen sich und lassen die Füsse hinunterhängen, ins schwarzblaue Schwarzblau, das durchbrochen ist von schwachfunkelndem Glitzer. „Wie geht's mit Jen?" – „Geht so. Sie sagt nur mehr Ja und Amen und traut sich nicht, mir in die Augen zu schauen." – „Tut mir leid, dass du sie jetzt am Hals hast." – „Mir tut es auch leid. Aber Anica ist glücklich. Sie sieht sie ja so selten, und heuer fahren wir nicht nach South Bend, da kann sie auch die andere Omama nicht sehen." – „Wie geht es Lidvina?" – „Ich glaube, gut. Hast du den letzten Brief nicht gelesen?“ – „No sigurno hab ich ihn gelesen.“ – „Denkst du, dass sie wirklich nie mehr herkommen wird, auf Besuch zumindest?“ – „Ja, das glaub ich. Manchmal ist Weggehen einfacher als Zurückkommen.“

Die Erzählung vom Finden und Verlieren bewegt sich wie Ebbe und Flut im Schwarzblau des Nichts und des Nirgendwo. Jelka und Margit schauen ihr beim Kommen und Gehen zu, rufen sie her und lassen sie wieder aus. „Denkst du meine Familie ist irgendwo da draußen, auf ihrem versunkenen Schiff? Denkst du, sie nähern sich immer wieder dem Rande der Welt und sehen uns hier sitzen? Und immer wenn sie denken, sie sind nahe genug, um uns zuzuwinken oder auszusteigen, holt sie die Flut zurück ins Nichts?“ – „Ich weiß es nicht, Jelka. Ich glaube, sie wissen, dass du nicht allein bist im Traurigsein. Sie wissen, dass ich dir an deinen dunklen Tagen sage: Ein bisschen trauriger zu sein kann dich vielleicht auch ein bisschen glücklicher machen. Sie wissen, dass ich dir dann mit einem Geschirrtuch deine Tränen von der Wange wische. Dann nehme ich dich in den Arm und wiege dich, so wie ich es mit mir selber mache, wenn ich mich alleingelassen fühle. Ich sage: Ein bisschen trauriger zu sein kann dich vielleicht ein bisschen glücklicher machen, und du verstehst genau, was ich damit sagen will.“ – „Und was machst du dann?“ – „Ich nehme das Geschirrtuch mit deinen Tränen, falte es zusammen und verstecke es in meiner großen Tischler-Faust. Ich sage: Kannst du dich an die schöne traurige Geschichte erinnern, die uns passiert ist, als wir sechs Jahre alt waren?

Diese Geschichte beginnt, wie alle wohlriechenden Kindheitserinnerungen, in der kleinen Bäckerei von Filež. Noch kleiner als die Bäckerei sind nur noch wir selber, in der Erinnerung. Der Bäcker, Jurica Horvath, der dann später aus dem Krieg nicht mehr heimgekommen ist und nie wieder Kipferl gedreht und verkauft hat, steht hinter der Budel mit seiner Schwester, der Teta Katica. Weil es kurz vor Ostern ist, ist die Bäckerei voll mit Menschen, die es sich leisten können, ihre Osterstriezel zu kaufen, anstatt selber zu backen. Vor uns sind dran: die alte Milka, die immer in der Kirchenbank vor uns gesessen ist und ein bisschen und leise geschnarcht hat, die Missis, das war noch, bevor sie mir die Schreibmaschine geschenkt hat, und der István, der den Hühnern gerne die Eier weggenommen und sie roh geschlürft hat. Was sonst noch vor uns gewesen ist, in Augenreichweite, waren die Kipferl vom Jurica Horvath.

Wir haben das Geld gespart gehabt für genau ein Kipferl. Außen sandiges Hellbraun, glänzend und vielversprechend. Zwölf Zentimeter lang, wenn man die Kurven des Kipferls nicht miteinrechnet. Das Rezept hat der Jurica Horvath mit nach Russland genommen, und so wie er, ist es auch in Russland geblieben, nicht einmal seine Schwester hat gewusst, wie man diese Kipferl unwiderstehlich macht. Das Horvath-Kipferl, das war der perfekteste Geschmack in glänzendes sandfarbenes Braun gehüllt. Nie mehr in meinem Leben hab ich was gekostet, das so gut geschmeckt hat. An diesem schöntraurigen Tag warten wir, bis wir dran kommen. Zwei Striezel und zwei Kipferl für die alte Milka, weil ihre Enkel zu Besuch kommen. Zwei Semmeln für István. Eine für ihn, eine für seinen Hund, mit dem er alles geteilt hat, nur die Eier nicht. Und ein Kipferl, weil Ostern ist! Für die Missis ein Laib Brot, ein Osterstriezel und ein Kipferl, weil sie Besuch aus Wien erwartet. Gott sei Dank nur eines, denn das letzte, das wir noch gesehen haben, das hat schon auf uns gewartet. Wir haben uns angeschaut und uns an unserer Vorfreude gefreut. Die Missis zahlt und du fixierst schon die Teta Katica und sagst: ‚Bitte ein Kipferl!' Aber die Teta Katica schaut dich gar nicht an, weil hinter uns der Fellinger Toncsi steht und sie sich so gern in seinen grünen Augen verliert. Er hat uns ganz genau gesehen gehabt und sich einfach vorgedrängt, weil wir klein waren. Du hast ihn von unten sehr böse angeschaut und ihm die Pest an den Hals gewünscht und ich habe währenddessen das Kipferl fixiert. Der Fellinger Toncsi hat für seine fünf Kinder Striezel gekauft und Brot und dann hat er gesagt: ‚Und pack mir das Kipferl da für meine Frau ein.' Er hat gezahlt und ist gegangen. Die Teta Katica hat ihm noch ein bisschen nachgeschaut, bevor sie gesagt hat: ‚Und was wollt ihr?' – ‚Ein Kipferl.' – ‚Haben wir keines mehr.'"

Jelka seufzt und weiß, dass man am schönsten traurig ist, wenn sich Melancholie und Erinnerung zusammentun, wenn alles, was unerreichbar scheint und für immer verloren, aus weiter Ferne matt und doch herüberschimmert. In diesen Augenblicken dreht sich die Erde zum Trost ein bisschen langsamer. Jelka ruft in die schwarzblaue Nacht am Ende der Welt: „Laku noć! Und wenn ihr wieder einmal hier vorbeifahrt, steigt aus, damit ich euch umarmen kann!" Heute hat Margit kein Geschirrtuch bei der Hand und sie streicht Jelkas Tränen mit ihren Fingern von der Wange und lässt sie, eine nach der anderen, ins Bodenlose fallen.

Als sie schließlich aufstehen um zurückzugehen, sehen sie, dass Hodi hinter ihnen steht und auf sie wartet. Dunkelgrau und wunderschön. Wie immer.

Auf einer Leiter fehlen zwei Sprossen. Beim Weitausschauen kann man Amerika sehen. Manche Geschichten enden genau dort, wo sie angefangen haben.

Am Sonntagmorgen steht Grandma Jen früh auf und flüchtet vor ihrem eigenen Schuldgefühl zum Frühstücken in Pero Csmarichs Pension. Anica weckt ihre Mutter mit einem lauten „Bist du schon wahach?“ und überredet sie, das Butterbrot und den Häferlkaffee im Birnbaum einzunehmen, um das Weitausschauen zu üben. Margit will sich lieber noch einmal umdrehen, doch ihre Tochter stellt das bereits geschmierte Brot und den Kaffee auf das Nachtkasterl und fixiert sie eindringlich. „Geh mit Hodi!“ – „Hodi mag keinen Häferlkaffee!“ Anica zieht ihre Mutter hinter sich her über den Hof und in den Garten und klettert vor ihr die kleine Leiter hinauf. „Du musst noch eine Sprosse für mich und für den Papa dazutischlern.“ – „Ja, das muss ich.“ Margit setzt sich und lässt neben sich noch genug frei, damit auch für Anicas Vater Platz ist. Anica behauptet, dass er schon im Birnbaum sitzt und auf sie gewartet hat. Sie hat das Talent zum Weitausschauen von Margits Staramajka geerbt, die mühelos ins Blau schauen konnte, um dort ihren Sándor zu suchen und zu finden. „Ist deine Omama auch da?“ – „Meine Omama sitzt immer da, Anica.“ – „Aha.“

Ein Butterbrot und einen Häferlkaffee lang sagt Anica nichts und Margit denkt ans Verlieren und Finden und Vergessen der vergangenen Nacht. In das schwarzblaue Erinnern mischt sich ihre eigene Geschichte vom Vergessen, vom Verlieren und vom Finden, als Anica fragt: „Mama, warum bist du nicht in Amerika geblieben?“ Margit wundert sich schon lange, dass ihre Tochter diese Frage noch nie gestellt hat. Vielleicht, denkt sie jetzt, ist der Birnbaum der beste Ort, um sich dieser Frage zu stellen. Margit lässt sich lange Zeit, um zu antworten und sagt schließlich: „Ich bin nicht in Amerika geblieben, weil ich Teta Jelka nicht alleine lassen wollte. Weißt du, ich habe ja meine Eltern und meine Brüder, auch wenn sie in South Bend leben und ich in Sotbend. Aber Teta Jelka war ganz allein. Sie hat alle verloren und ich habe Angst gehabt, dass sie sich selber verliert und nicht mehr wiederfindet.“ Anica denkt an ihre Teta Jelka und kann sich gar nicht vorstellen, dass sie einmal allein war. Sie hat ja den Tetac Jakov und den Don Stipe und irgendwie auch die Missis. „Aber jetzt ist sie nicht mehr allein, wir könnten deinen Werkzeugkasten zusammenpacken und am Ende vom Ende vom Sommer mit dem Papa nach Amerika mitgehen.“ – „Ja, das könnten wir.“ – „Und weil ich dann keinen Jelkatag mehr habe, müsstest du mir dann am Jelkatag in Amerika die Jelkageschichten von früher erzählen.“

Der Gedanke an ein mögliches Amerika macht Anica gleichzeitig froh und traurig, sie lehnt sich an Margits Schulter und lässt sich über ihre Sommersprossen streichen. „Der Gedanke an Amerika macht dich gleichzeitig froh und traurig, stimmt's?" Und weil Anica nur nickt, weil Sprechen gerade undenkbar ist, sagt Margit: „Ich erzähle dir eine Geschichte, die dich glücklich machen wird." Margit und Anica steigen vom Birnbaum und schlagen den Weg Richtung Mulatság ein. Anica geht rückwärts die Straße entlang, damit sie ihrer Mutter beim Erzählen zuschauen kann.

„Ich erzähle dir die Geschichte von dem Tag, an dem Teta Jelka das Hendl überfahren hat. Der Tag, an dem Teta Jelka das Hendl überfahren hat, war gar kein Tag, sondern eine Nacht. Deine Teta Jelka ist mit dem Fahrrad, ohne zu schauen und mit einem eleganten Slivovicschwung vom Palatinwirtshaus weggefahren und hat nicht gesehen, dass das Hendl Viktorija gerade die Straße überquert hat und da ist die Teta Jelka Viktorija über das rechte Hendlhaxl gefahren. An dem Tag, an dem eigentlich Nacht war, ist Teta Jelka vom Fahrrad heruntergesprungen, hat das Hendl geschnappt und nach Hause getragen." – „Und weil Teta Jelka das Hendl überfahren hat, spielt sie heute Theater und wir sagen ihr manchmal heimlich Don Camillo, wenn sie nicht herschaut. Stimmt's?" – „Stimmt."

Mjenovo

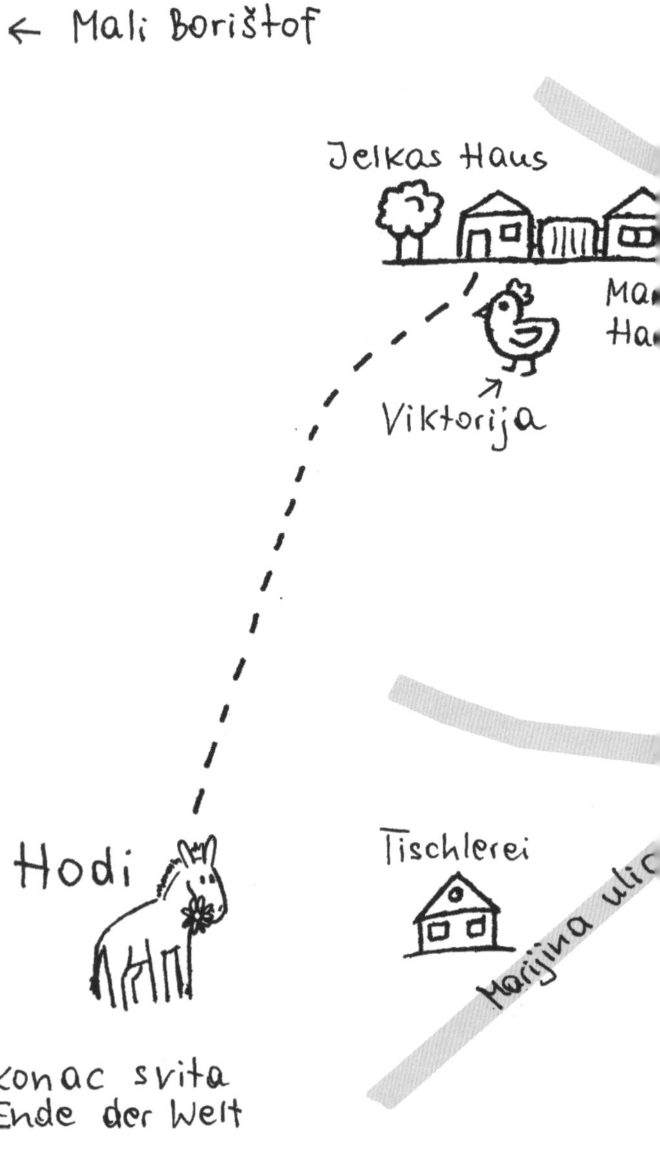
← Mali Borištof
Jelkas Haus
Viktorija
Hodi
Tischlerei
Marijina
Konac svita
Ende der Welt

↑ Filež
Sotbend
Marienstatue
amt
Jakovs Wirtshaus
Crikve
Geheimgänge
Palatin Wirtshaus
Friedhof
Gospodarova ulica
Marica Kuzmits' Haus

Die Einwohner von Mjenovo

Anica	Margit Szabos Tochter
Aunt Mildred	Jens Schwester, Anicas Tante aus South Bend
Branko	Ein Postautobuschauffeur
Der Bischof	Der Bischof
Don Stipe	Der Dorfpfarrer Glühender Verehrer von Giovannini Guareschis und dessen Geschichten um Don Camillo und Peppone
Eselsándor	Der Esel von Margits Großvater
Ferenc Karall	Mesner von Mjenovo
Fönfrisur	Besucherin aus Wien
Grandma Jen	Anicas US-amerikanische Großmutter aus South Bend, Leos Mutter.
Hendl Viktorija	Huhn Viktorija So benannt nach der Mutter des Pfarrers Don Stipe
Hodi	Ein Esel vom Ende der Welt
Jelka	Margit Szabos Freundin Postlerin
Jakov	Der Sohn von Sveta Buborčica und Stari Jakov
Jurica Horvath	Bäcker in Filež
Katharina	Eine Reporterin
Katica Horvath	Schwester von Jurica Horvath
Knickerbocker	Besucher aus Wien
Lidvina Szabo	Margit Szabos Mutter
Leo	Anicas Vater Margit Szabos Freund
Marica Kuzmits	Bäuerin, Atheistin, Anarchistin, Gründerin von MAFASCH

und anderswo

Margit Szabo	Freundin von Jelka, Tischlerin
Max	Ein Kameramann
Mini	Eine Reporterin
Missis	Die mondäne Lehrerin von Mjenovo
Palmira Andrade Fernández	Eine Wirtin in Fisterra, Galicia, Spanien
Pero Csmarich	Weitgereister Tischler von Mjenovo
Sándor	Margit Szabos Großvater
Staramajka	Margits Großmutter
Stariotac	Margits Großvater
Stari Jakov	Jakov Németh Koch und Wirt, Jakovs Vater
Sveta Buborčica	Kosename von Stari Jakovs Frau, Jakovs Mutter
Teta Palatin	Wirtin in Mjenovo
Tetac Palatin	Ihr Ehemann
Tom	Ein Tontechniker
Viktorija	Don Stipes Mutter
Xosé Rúa Opazo	Ein Wirt in Fisterra, Galicia, Spanien

Glossar

abschießen	ausbleichen
¿Alguén poderíame dicir onde atopar ó Jakov?	Galicisch: Kann mir jemand sagen wo ich Jakov finde?
anpatzen	sich schmutzig machen
ausstallieren	kritisieren, bemängeln
Basama nigda, muči sad ur jednoč!	Burgenlandkroatisch: Halt endlich den Mund!

bog neka joj da pokoj	Burgenlandkroatisch: Gott hab sie selig
da	Burgenlandkroatisch: ja
csiricsári	Ungarisch: pejorativ für schreiend bunt
Dobro jutro!	Burgenlandkroatisch: Guten Morgen!
Dobar večer!	Burgenlandkroatisch: Guten Abend!
Dolnja Pulja	Burgenlandkroatisch: Unterpullendorf
¿Dónde está el próximo bar?	Spanisch: Wo ist die nächste Bar?
Dos más	Spanisch: Noch zwei.
Felsőpulya	Ungarisch: Oberpullendorf
Filež	Burgenlandkroatisch: Nikitsch Ein Nachbarort von Mjenovo
Häferl	Tasse
Häferlkaffee	Ersatzkaffee der mit viel Milch getrunken wird. Er wird aus Getreide oder Früchten hergestellt.
Haxe	Bein, hier im Sinne von „ganzer Strudel“
hinig	kaputt
Hodi!	Burgenlandkroatisch: Komm!
Hvala Bogu!	Burgenlandkroatisch: Gott sei Dank!
Idemo!	Burgenlandkroatisch: Gehen wir!
Klimpuh	Burgenlandkroatisch: Klingenbach
konac svita	Burgenlandkroatisch: Ende der Welt
Laku noć!	Burgenlandkroatisch: Gute Nacht!

lekvár	Marmelade
MAFASCH	Mjenovos anarchistisch-feministisch-atheistische Schwestern. Eine nicht sehr geheime Geheimorganisation, gegründet von der Bäuerin Marica Kuzmits.
majka	Burgenlandkroatisch: Mutter
majka Božja	Burgenlandkroatisch: Muttergottes
Mali Borištof	Burgenlandkroatisch: Kleinwarasdorf
Mjenovo	Burgenlandkroatisch: Kroatisch Minihof, ein Dorf im mittleren Burgenland, an der ungarischen Grenze. Anfang und Ende der Welt.
morriña	Galicisch: Ein Wort, das die Sehnsucht und Melancholie ausdrückt, die die Menschen aus Galicia ihrer Heimat gegenüber empfinden. Aus der Region Galicia sind mehr als zwei Millionen Menschen nach Südamerika ausgewandert.
Muči!	Burgenlandkroatisch: Sei still!
muleta	Spanisch: Das rote Tuch des Stierkämpfers
No hablo español.	Spanisch: Ich spreche kein Spanisch.
No hodi, zam si ča!	Burgenlandkroatisch: Na komm, nimm dir was!
No sigurno!	Burgenlandkroatisch: Sicherlich!
Orujo	Tresterbrand aus der nordspanischen Region Galicia

Pošalji mi moje srce u Ameriku .... Burgenlandkroatisch: Schick mir mein Herz nach Amerika

Poštovani gosti! .... Burgenlandkroatisch: Sehr geehrte Gäste!

Rajska Diva .... Burgenlandkroatisch: Das wahrscheinlich beliebteste Marienlied der Burgenlandkroaten.

ruliña .... Galicisch: Täubchen, Kosewort

Schmalztegel .... Schmalztiegel

Sparherd .... Holzherd

srce moje .... Burgenlandkroatisch: Mein Herz

Sotbend .... Eine Straße in Mjenovo. Sie ist nach der Stadt South Bend in Indiana, USA benannt. In der Amerikawanderung der Burgenländer spielte die Stadt eine wichtige Rolle. Viele Menschen aus Kroatisch Minihof sind dorthin ausgewandert. 1982 wurde die Straße offiziell Sotbend genannt, nachdem sie die Ortsbevölkerung schon lange so bezeichnet hatte.

škoda .... Burgenlandkroatisch: schade

staramajka .... Burgenlandkroatisch: Großmutter

stariotac .... Burgenlandkroatisch: Großvater

sveto .... Burgenlandkroatisch: heilig

teta .... Burgenlandkroatisch: Tante. Höfliche Anrede Frauen gegenüber. Ausgenommen sind die eigene Mutter, Oma, Tochter, Cousine und so.

tetac .... Burgenlandkroatisch: Dito. Nur auf Männer bezogen.

Una cerveza, por favor .... Spanisch: Ein Bier bitte.

Untergadje .... Unterhose

Veliki Borištof .... Burgenlandkroatisch: Großwarasdorf

verkutzen .... verschlucken

za Jakova .... Burgenlandkroatisch: für Jakob

zalieren .... strawanzen

Željezno .... Burgenlandkroatisch: Eisenstadt

Covergestaltung:
Annelie Wagner

Annelie Wagner wurde 1945 in Mödling bei Wien geboren. Sie lebt und arbeitet im burgenländischen Großhöflein und in Umbrien, Italien. Ihre Arbeiten sind von Emotion und Entschlossenheit gezeichnet. Stilisierte Menschenfiguren, Tiere und Worte bestimmen ihre gestalterische Welt.

Die Künstlerin stellt seit 1980 kontinuierlich in Österreich, der Schweiz und in Italien aus. 2001 erhielt sie den Kulturpreis des Landes Burgenland. Bildankäufe erfolgten durch die Republik Österreich, das Amt der Burgenländischen Landesregierung und die Stiftung Infeld. Aufgenommen wurde sie in die Privatsammlungen Mathé, Sutter, Schweiz, und Collezione Raffaela e Stefano Sciaretta, Rom, Italien.